講談社文庫

秘闘

奥右筆秘帳

上田秀人

講談社

目次

第一章　無言の恫喝《どうかつ》　7
第二章　人身御供《ひとみごくう》　71
第三章　世子の死　134
第四章　闇の眷属《けんぞく》　200
第五章　罪の汚名　267

奥右筆秘帳

秘闘

◆『秘闘——奥右筆秘帳』の主要登場人物◆

立花併右衛門《たちばなへいえもん》　奥右筆組頭《おくゆうひつくみがしら》として幕政の闇に触れる。麻布箪笥町《あざぶたんすまち》に屋敷がある旗本。

柊　衛悟《ひいらぎえいご》　立花家の隣家の次男。併右衛門から護衛役を頼まれた若き剣術遣《つか》い。

瑞紀《みずき》　併右衛門の気丈な一人娘。

大久保典膳《おおくぼてんぜん》　涼天覚清流《りょうてんかくしんりゅう》の大久保道場の主。剣禅一如《けんぜんいちにょ》を旨《むね》とする衛悟の師匠。

上田　聖《うえだちから》　大久保道場の師範代。黒田《くろだ》藩の小荷駄支配役《こにだしはいやく》。衛悟の剣友。

徳川家斉《とくがわいえなり》　十一代将軍。御三卿一橋《ひとつばし》家の出身。大勢の子をなす。

松平　越中守　定信《まつだいらえっちゅうのかみさだのぶ》　奥州白河《おうしゅうしらかわ》藩主。老中として寛政《かんせい》の改革を進めたが、現在は溜間詰《たまりのまづめ》。

一橋民部卿治済《みんぶきょうはるさだ》　権中納言《ごんのちゅうなごん》。家斉の実父。大御所《おおごしょ》就任を阻んだ定信を失脚させた。

太田備中守　資愛《おおたびっちゅうのかみすけよし》　老中。十代将軍家治《いえはる》の世継ぎだった家基《いえもと》急死事件に疑念をもつ。

松平真二郎《しんじろう》　千五百石取りの松平主馬《しゅめ》の次男。瑞紀との縁談が持ち上がる。

御堂敦之助《おどうあつのすけ》　側役《そばやく》永井玄蕃頭《ながいげんばのかみ》の薦めで、衛悟の婿《むこ》入り先として挙がった新御番組《しんごばんぐみ》。

今大路正庸《いまおうじまさつね》　典薬頭《てんやくのかみ》として幕府にかかわる医師を統轄《とうかつ》。

冥府防人《めいふさきもり》　鬼神流《きじんりゅう》を名乗る居合い抜きの達人。大太刀で衛悟の前に立ちはだかる。

絹《きぬ》　冥府防人の妹。一橋治済を〝お館《やかた》さま〟と呼び、寵愛《ちょうあい》を受ける甲賀《こうが》の女忍《おんなしのび》。

村垣源内《むらがきげんない》　家斉に仕えるお庭番《にわばん》。根来流《ねごろりゅう》忍術の遣い手。

覚蟬《かくぜん》　上野寛永寺《かんえいじ》の俊才だったが、公澄法親王《こうちょうほっしんのう》の密命を受け、願人《がんにん》坊主に。

第一章　無言の恫喝《どうかつ》

一

立花併右衛門《たちばなへいえもん》は、頭を抱えていた。

「瑞紀《みずき》の婿《むこ》にだと」

大きく併右衛門がため息をついた。

奥右筆組頭《おくゆうひっくみがしら》の立花併右衛門の一人娘瑞紀へ、縁談が持ちこまれていた。まだ、前もってという段階ではあったが、問題は相手にあった。

よすぎるのだ。

千五百石取り松平主馬《まつだいらしゆめ》の次男真二郎《しんじろう》が、瑞紀の婿になりたいと言ってきた。

「いくらなんでも格が違いすぎる」

一人併右衛門が頭を抱えた。

立花家はもともと二百石取りの小旗本でしかなかった。それを奥右筆となった併右衛門の働きで五百石まで増やした。

徳川の家臣にはいくつかの区切りがあった。もっとも大きなものが、将軍へ目通りができるかどうか、旗本と御家人の差である。続いて、一万石をこえるかこえないかであった。万石以上を大名といい、参勤交代の義務が発生した。

これらに比して小さいとはいえ、千石をはさんでの区別があった。千石をこえるとお歴々と呼ばれ、家督を継げばまずなにかしらの役職が与えられる。それ以下の旗本が、小普請組《こぶしんぐみ》という無役から必死で役を得るのに対して、苦労なく世に出られる。さらに、役目も将軍に近い小姓組《こしょうぐみ》や書院番組《しょいんばんぐみ》となることが多く、出世も容易であった。

「間に立つのが、寄合席《よりあいせき》松平下野介《しもつけのすけ》どの。正式に話が来れば、断れぬぞ」

併右衛門がうなった。

寄合席とはおおむね三千石以上の名門旗本のことだ。役付でなくとも江戸城へ登ることができ、遠国奉行《おんごくぶぎょう》や、大目付《おおめつけ》、町奉行などとなっていく。幕府における力も強く、外様大名よりも勢いがあった。

また、大名や高禄《こうろく》の旗本と縁組みを重ねていることが多く、敵に回せば、奥右筆組頭とはいえ、無傷ではすまなかった。

「困った」

幕府の故事来歴につうじ、書庫の書類すべてを知っている奥右筆組頭とはいえ、対応する手立てを思いつけず、併右衛門は呻吟《しんぎん》を続けていた。

「御用繁多を理由に、しばらくときをかせぐしかないか」

幕府すべての書類を取り扱う奥右筆の任は多岐にわたった。多忙という点では、老中を上回る。

「ひもさえ付いていなければ、いい話なのだが」

併右衛門が腕を組んだ。

立花家の血筋は、瑞紀一人しかいなかった。家を絶やさないためには、瑞紀に婿を迎えるしかない。併右衛門はずっと瑞紀によい婿をと考えていた。

婿とはいえ、実家の影響が大きいのは当然である。三百石の家から迎えるより、五百石、五百石より千石のほうがよいのは、実家の引きにかなりの差があるからであった。

戦《いくさ》がなくなって幕府が困ったことの第一、それは旗本たちの処遇であった。戦に勝つには、戦術や兵器運用も必要であったが、なによりも数であった。兵の数が、戦の行方《ゆくえ》を左右する。どこの大名も争って名のある武士を抱え、兵を集めた。

しかし、乱世が終わると多すぎる人員は、手に余った。禄《ろく》を与えている関係上、遊ばせておくわけにもいかないが、かといって、全員に与えるほど役職も仕事もない。

また旗本たちにしても、戦がなくなったことで手柄を立てられなくなった。泰平の世で、禄を増やすには、役目を得て、そこで活躍するしかなくなる。

役に就《つ》きたい者は多いのに、職がすくないとなれば、取り合いになる。自薦他薦を利用して役目を求めたところで、簡単にはいかないのだ。そんなときに大きくものを言うのが、金と引きであった。金は言わずと知れた賄賂《わいろ》であり、引きとは知り合いの有力者に口をきいてもらうことである。つまり実家の格が高いほど、役職に就きやすくなるのだ。

娘の将来を考えるならば、松平真二郎を婿にすることは理想であった。

「松平越中守《えっちゅうのかみ》さまが、裏で動いておられるのがな」

江戸城中すべての書付《かきつけ》をあつかう奥右筆組頭である。松平主馬のことを調べるのは容易であった。

松平は幕府にとって特別な苗字である。徳川家康がかつては松平と名のっていたことからわかるように、将軍と繋《つな》がる血筋の証明であった。

もっとも松平も、分家別家をくりかえして、今では十八松平と言われるほどに増えていた。それぞれに出自や歴史によって区別があり、松平定信の白河藩《しらかわはん》は、久松《ひさまつ》松平と呼ばれていた。

久松松平は、家康の母伝通院《でんずういん》が再嫁した久松家で産んだ男子に祖を発している。譜《ふ》代《だい》としての歴史は、他の松平家に劣るが、家康の異父弟の子孫として、幕府でも重くあつかわれていた。

「縁談を持って来た松平下野介が、久松松平の分家、そして松平主馬は、さらにその分かれ」

併右衛門はあきれていた。

「すぐに知れることを白河さまがなさる。これは、あからさまな恫喝《どうかつ》だ」

それこそ松平定信《さだのぶ》の力を持ってすれば、まったくかかわりのない旗本を使うこともできる。併右衛門が少し調べたていどでは、わからないようにするなど、朝飯前であった。それをわざと一門にさせたのは、併右衛門の取込を狙っただけではなく、万一拒絶したときには、敵になったと見なすという表明でもあった。

「ううむ」

併右衛門は仕事も手につかないほど悩んでいた。

「受けいれてしまうのが、正しいとはわかっているのだ」

老中ではなくなったとはいえ、御三卿《ごさんきょう》の一つ田安《たやす》家の出で、将軍とも近い松平定信の権は、幕府において大きい。

松平真二郎を婿とすれば、立花家の立身は約束されたも同然である。それこそ、悲願の千石取りも夢ではなくなる。

「しかし、万一白河さまが、失脚したら……」

将軍の一門でも潰《つぶ》されることがあった。

「白河さまは、御用部屋にとって煙《けむ》たいお方だ」

田沼主殿頭意次《たぬまとのものかみおきつぐ》によって乱れた世を正すため、八代将軍吉宗《よしむね》の孫という金看板を背負って松平定信は老中筆頭となった。松平定信は、寛政《かんせい》の治と褒《ほ》め称《たた》えられるだけの実績を残し、疲弊《ひへい》した幕府財政をみごとに建てなおした。

だが、ほどなく出る釘は打たれるのたとえどおり、松平定信を排除しようとする勢力が出て来た。松平定信はやり過ぎたのだ。倹約という名の締めつけに、大奥を初めとする各所から火の手があがり、松平定信の糾弾が始まった。

「老中の任を解く。功績をもって一代の間溜《たまりのまづめ》間詰を許す」

十一代将軍家斉《いえなり》が、ついに決断し、松平定信は御用部屋から追放された。

「大人《おとな》しく隠居されておれば、まだよかったのだが……」

家斉の心遣《こころづか》いで幕政顧問とされる溜間詰となった松平定信は、相変わらず政《まつりごと》へ口を出し続けていた。

「敵が多すぎる」

併右衛門は独りごちた。

御用部屋には、松平定信の引きで老中となった者が残っていた。その久世大和守《くぜやまとのかみ》らが、松平定信をかばっているからこそ無事ですんでいるのだ。が、それもいつまで続くかわからない。政の裏は濃い闇なのだ。昨日の味方が敵にまわるなど日常のことであった。

「そうなったなれば、一蓮托生《いちれんたくしょう》だ」

今度こそ松平定信の影響を、政敵たちは完全に払拭《ふっしょく》しようとする。取りこまれていれば、立花家もただではすまなかった。奥右筆組頭を罷免《ひめん》されるだけですめばいいが、下手すれば家禄を削られることもありえた。

「父上さま、そろそろおやすみになられませぬと」

書斎の襖《ふすま》ごしに、瑞紀が告げた。

「もう、そんな夜更けか」

思案に夢中で、併右衛門は娘瑞紀から声をかけられるまで、ときを忘れていた。

「なにかございましたか」

襖を開けた瑞紀が問うた。

「いや、なんでもない」

併右衛門は否定した。

「父上さま」

瑞紀がじっと併右衛門を見つめた。

娘を産んですぐに亡くなった妻の代わりを瑞紀が務めていた。親子二人の生活は、たがいのことを否応なしに深く知らしめている。併右衛門は瑞紀に苦悩を見抜かれていると悟った。

「案ずるな。少しばかり気になることはあるが、さしたることではない」

「ならばよろしゅうございますが……」

納得していない顔で、瑞紀が言った。

「明日も早い。もう寝る」

併右衛門は、瑞紀から逃げた。

一橋《ひとつばし》の神田館《かんだやかた》が襲撃された一件は、幕府の体面によってなかったこととされた。

「お出歩きになられませぬように」

家老から釘を刺された一橋治済《はるさだ》は、露骨に不満を見せていた。

「気に入らぬ。作り直せ」

夕餉《ゆうげ》に出された膳を、一橋治済が押しやった。

「ど、どのようにいたせばよろしゅうございましょうか」

小姓が機嫌の悪い主《あるじ》へ問うた。

「そのようなこと、言わねばわからぬか」

一橋治済が、怒鳴《どな》りつけた。

「はっ」

叱《しか》られた小姓が平伏した。

「奥へ参る」

夕餉を摂《と》らずに、一橋治済が立ちあがった。

「御膳番《ごぜんばん》にきびしく申し伝えよ。明日の朝餉《あさげ》で同じことを言わせるなとな」

見送る小姓へ一橋治済が告げた。

八代将軍吉宗が創設した御三卿は、将軍家お身内と言われ、独立した大名ではなかった。一年十万俵の禄を与えられているが、領土も城もなく、家臣さえ幕臣からの出向であった。

「お館さま、お見えにございまする」

早すぎる訪問に、奥向きが慌《あわ》てた。大名ではなくとも、一橋家は将軍に準ずる家格を誇っている。表と奥も江戸城にならい、厳格に区切られていた。

「お報《しら》せもなしにか」

奥を束ねる老女が、驚愕《きょうがく》した。

正室であれ、側室であれ、夜の伽《とぎ》を命じるならば、前もって奥へと通知しておかなければならなかった。女には準備が必要なのだ。体調が悪いときには、断らなければならないし、身体も清めなければならない。

「どなたをお望みか、訊《き》いて参れ」

老女は若い女中へ命じた。

「お慌てなさいますな。わたくしがお館さまのご機嫌をうかがいますゆえ、その間に、ご準備を」

「絹《きぬ》か」

口を出した女中を見て、老女が嫌な顔をした。

「やむをえぬ。任せる」

「では」

絹が一橋治済を出迎えに行った。

「身分いやしき者が。ご寵愛《ちょうあい》を笠《かさ》に着おって」

老女が吐《は》きすてた。

絹は、甲賀者《こうがもの》望月信兵衛《もちづきしんべえ》の娘である。かつては土佐守《とさのかみ》という官名を持っていたほどの名族であった望月だが、いまでは目通りさえできない御家人でしかない。

旗本の娘でなければ、お手つきになれぬという慣習を破った絹への風当たりは強かった。さらに、館ではなく、伊丹屋《いたみや》の寮で一橋治済の手がついたことも、嫌われる原因となっていた。身分ある者の側室になるには、それなりの出自と手順が必要であり、その両方を破って一橋治済の寵愛を受けた絹は、格式を重んじる者からすれば、受けいれられない相手であった。

絹は奥と表を繋《つな》ぐ廊下の端で、一橋治済を待った。

「……絹か」

「ようこそ、お出でなされませ」

仁王立ちする一橋治済へ、絹が深々と手をついた。

「どうぞ、こちらでしばしご休息を」

絹が、手近な座敷へ一橋治済を案内した。

「…………」

不機嫌な顔で、一橋治済が座った。

「ご辛抱くださりませ」

なにも訊かず、絹は平伏した。

「わかっておるのか」

怒気のこもった声で、一橋治済が問うた。

「わたくしも品川《しながわ》がよろしゅうございました」

「ふむ」

「お館さまのお姿がありながら、お側《そば》へと近づけぬもどかしさ」

絹の言葉に、一橋治済が首肯《しゅこう》した。

「館のなかは他人目《ひとめ》が多すぎる。なにをするにも家臣どもの手が必要じゃ。息抜きをするところさえない。ならば、気が紛《まぎ》れるだけのことがあるかといえば、何一つないのだ。御三卿の当主とは、飼い殺されるだけのものなのか」

一橋治済が憤懣《ふんまん》を吐きだした。

「……お館さま」

「それにこの館には、余のことを無二と思ってくれておる者などおらぬ。いや、そなたが居たか」

「かたじけなきお言葉へ、返すようでございまするが、兄もお館さまを唯一のお方とあおいでおりまする」

冥府防人《めいふさきもり》こと望月小弥太《もちづきこやた》もそうだと、絹は言った。

「いや、あやつは余を利用しておる。望月の家を再興したいとな。もっとも、そのためならば、命も惜しまぬが……」

一橋治済が首を振った。

「他の者などどうだ。家老以下一同、幕府から出向してきておるだけじゃ。そつなく務め、よりよい役目へと転じていくことしか考えておらぬ。奥の女どももそうじゃ。余の寵愛を受けて実家を繁栄させようと思っているだけ」

握りしめた手を震わせながら、一橋治済が叫んだ。

「それに比して、豊千代《とよちよ》はどうだ」

豊千代とは、一橋治済の嫡男で、十一代将軍となった徳川家斉のことだ。

「本家へ養子に入ったというだけで、何万もの臣どもにかしずかれておる。お庭番《にわばん》など、命をかけて豊千代を守っておる。老中どもも、豊千代の前にひれ伏す。この差はなんだ。将軍家への血筋となれば、余のほうが豊千代より、近いのだぞ。余は八代将軍吉宗さまの孫、豊千代は曾孫《そうそん》じゃ。八代さまを決めるとき、尾張継友《おわりつぐとも》が家康さまから数えて四代であったに対し、吉宗さまが三代であったゆえ、選ばれたという前例があるにもかかわらず、息子より父が下にあつかわれる」

一橋治済が、思いの丈《たけ》を語った。

「それも白河こと、田安賢丸《まさまる》の仕返しじゃ」

田安賢丸とは、松平定信の幼名であった。田安家の跡継ぎとなり十一代将軍を継ぐと目されていた定信を、無理矢理白河へ養子に出したのが、田沼意次と一橋治済であった。定信はそのときの恨《うら》みを忘れず、十一代将軍選定の折、治済ではなく、まだ十一歳でしかなかった豊千代を推した。

「息子は天下の主、父親は大名でさえない飾りもの。この差はなんだ」

「…………」

「余は、豊千代が憎いわ。余をこの境遇に落とした白河めが恨めしいぞ」

血を吐くように、一橋治済が述べた。

「……お館さま……」

下座から絹が滑るように近づき、一橋治済の頭を胸に抱いた。

「絹……」

一橋治済の手が伸びた。

「わたくしは、お館さまのもの。ご随意《ずいい》に」

ささやくように絹が宣した。

二

廊下で入るに入れず待っていた老女が、ようやく許しを得て座敷の襖を開けられたのは、半刻（約一時間）近く経ってからであった。

「お館さまには、ご機嫌うるわしく」

身繕《みづくろ》いをする絹へ冷たい一瞥《いちべつ》をくれた老女が、一橋治済へ頭をさげた。

「なんだ」

一橋治済が、用件を問うた。

「今宵《こよい》の伽はどの者へ命じられましょうか」

老女は大奥での中﨟《ちゅうろう》にあたる。名門旗本の出で、正室、一橋治済の子を産んだお部屋さまの次に格式が高かった。

「要《い》らぬ」

絹へ存分に精を放ったばかりの一橋治済は、首を振った。

「では、なぜ奥へ……」

「用はもうすんだ。不意とは言え余を待たせるとは、身分をわきまえよ。迎えに出たのが、この者だけとは、なにごとぞ」

きびしく一橋治済が叱りつけた。

「奥へお渡りの節は、前もってお報せがあるのが慣例でございますれば」

「慣例がそれほど大事か。余の心よりも大事か」

「そ、そのようなことは……」

ようやく老女は一橋治済の怒りに気づいた。

「下がれ、二度と余の前に顔を出すな」

犬を追うように一橋治済が、手を振った。

「ご、ごめんくださりませ」

あわてて老女が逃げていった。

「お館さま、あまりいじめてやっては、哀れにございまする」

襟元《えりもと》をあわせながら、絹が言った。

「あのしたり顔が気に喰《く》わぬ。慣例こそ至上、己《おのれ》が誰に仕えているのかさえ、わからぬ愚かさが、うっとうしいわ」

一橋治済が、吐きすてた。

「無理ございませぬ。あの老女も、他の者にしても、仕える相手は家でございまする。主ではなく」

「わかっておるがの」

大きく一橋治済が嘆息した。

「家とは主より重いか」

「主は人。人はいつか死にまする」

小さく絹が首を振った。

「ふん。なればこそ上を目指すのではないか」

一橋治済の調子が戻り始めた。

「兄はおるのか」

「呼びだしますれば」

絹が首肯した。

「しばし猶予《ゆうよ》を」

頭をさげた絹の身体が跳んだ。天井板を外すと、そのまま消えた。

「人とは思えぬな。しかし、その人外だけが、余を支えておる」

苦い笑いを一橋治済が浮かべた。

「絹に子を産ませるか。余の頭と絹の身体《からだ》をもった子が生まれれば、おもしろいことになるやも知れぬな」

一橋治済が独りごちた。

「まもなく参りましょうほどに」

煙草《たばこ》を一服するほどの間で絹が戻ってきた。

「館に入ってから不便じゃ」

伊丹屋の寮へ、一橋治済が来ているときは、かならず冥府防人が警固《けいご》についていた。絹を使わずとも、一橋治済が声をかければ、すぐに冥府防人は駆けつけた。

「ご辛抱を願いまする」

絹がなだめた。

「そなたたち二人がおれば、大丈夫ではないか」

「いえ。わたくしたちではかなわぬ相手もございまする。そのような者が襲い来たりましたとき、こちらにいてくださいますれば、少しでもときが稼げまする」

「あの老女たちを盾《たて》に使ってか」

「はい。命一つでまばたきの間ができまする。それだけで、形勢を有利にすることができまする」

淡々と絹が言った。

「なるほどの。余のために死んでくれるというならば、あの女にも少しはかわいげがあるか」

一橋治済が、小さく笑った。

「御前」

天井裏から声がした。

「おりてくるがいい」

「御免《ごめん》」

天井裏から落ちてきたのは、絹の兄冥府防人であった。田沼意次の策略に乗って、十代将軍徳川家治《いえはる》の一人息子家基《いえもと》を暗殺した望月小弥太は、過去を捨て、一橋治済の走狗《そうく》冥府防人となった。

「鬼よ。どうなっておる」

前置きなしに一橋治済が問うた。

「水戸《みと》は、脱落いたしましてございまする」

先だって一橋の神田館を襲ったのは、水戸藩に仕える残地衆《ざんちしゅう》であった。残地衆は、後一歩のところまで迫ったが、絹によって排除されていた。

「勝手なことをした当主を、家臣たちが見限りましてございまする。これで、水戸の暴発はなくなったかと」

冥府防人が報告した。

「将軍の実父を殺したとなれば、謀反《むほん》扱いとされても文句は言えぬ。となれば、いかに御三家でもお取《と》り潰《つぶ》し。家臣たちは禄を失い路頭に迷うこととなる。明日の米を奪われるならば、藩主を取り替えてしまえか。ふん。やはり家に付くものなのだの。家来というものは」

冷たく一橋治済が、吐き捨てた。

「まあいい。で、越中守のことはどうなっている」

一橋治済が、話を変えた。

「相変わらず、警固は厳重でございまする」

「つけいる隙《すき》はないか」

「はいと申しあげるところでございまするが……」

途中で冥府防人が言葉を切った。

「なんじゃ」

「上様へお話しくださいましたのでございましょうや」

冥府防人が問うた。

「お庭番のことか」

すぐに一橋治済が気づいた。

一度白河藩の上屋敷に侵入した冥府防人は、完璧《かんぺき》な防護陣になすすべもなく、引き下がった。冥府防人は、松平定信を護《まも》る壁に穴を開けるべく、一橋治済へついているお庭番を減らす手配をしてくれるよう頼んでいた。

「いや、まだだ」

立て続けに襲われたのだ。一橋治済に館を出る余裕はなかった。それに実父とはいえ、将軍へ目通りするには、あらかじめ決められた手順を踏む必要があった。

「…………」

考えこむように冥府防人が沈黙した。

「どうした」

今度は一橋治済が、質問した。

「なんと申しましょうか、完璧であったものにひびが入ったというか……越中守の警固に無理が見え出してきたのでございまする」

「無理とは、どういうことだ」

「穴が開いたわけではございませぬ。今までと同じくつけこむ隙はございませぬ。ただ、守り手の気配が、絶えず緊張しているような、前には感じられなかったお庭番の臭《にお》いが、かすかに漏《も》れているといった感じで。そう、余裕がないのでございまする。あからさまに守っているぞと見せつけている」

「見せつけているか」

「はい」

冥府防人が首肯した。

「ふむ。わかった。急ぐ必要はない。やるかぎりは確実でなければならぬ。焦《あせ》りは失敗しか産まぬ」

「おそれいりまする」

一橋治済の判断に、冥府防人は感謝した。

「しかし、目を離すな。いけると思えば、躊躇《ちゅうちょ》するな。いちいち余の承認を取る必要はない」

「承知いたしましてございまする」

平伏して、天井へと跳びあがり、冥府防人は消えた。

神田館の屋根へとあがった冥府防人は、周囲へ気を配った。

「…………」

少し眉《まゆ》をひそめて冥府防人は独りごちた。

「殺気はまったくないが、何者かに見られているな」

一瞬のうちに周囲の気配を探った冥府防人だったが、どこにいるかまではわからなかった。

「さて、どこの手の者か」

いるということしか、わからなかったが、一橋治済の館を見張る相手にはことかかなかった。

「誰でもいい。お館さまの望みを邪魔する者は容赦せぬ」

古巣である甲賀組でさえ、立ちはだかるなら潰す。冥府防人の肚《はら》はとっくに決まっていた。

「ついてこい」

冥府防人は、敵を誘い出すつもりで、館を離れた。

「みごとなものだ」

神田館を見張っていたのは、お庭番であった。松平定信へ配されていた三人のうち、一人が一橋治済の蔭供《かげとも》へ回されていた。

「お庭番の影形を見抜くとは。あれほどの者が二人いれば、拙者《せつしや》など不要なのだがな」

遠ざかる冥府防人の背中を見ながら、お庭番がつぶやいた。

いつものように柊《ひいらぎ》衛悟《えいご》は、桜田門《さくらだもん》の外で立花併右衛門を待っていた。月二分で併右衛門の送迎を請け負って、かなりの月日が経った。

「おかえりなさいませ」

下城する役人の姿がなくなったころ、ようやく併右衛門が桜田門を出てきた。

「遅くなった」

併右衛門が軽く手を挙げて、詫《わ》びの代わりとした。

「では、参りましょうぞ」

まず衛悟が歩き出した。

桜田門から併右衛門の屋敷がある麻布箪笥町《あざぶたんすまち》までは、小半刻《こはんとき》（約三〇分）ほどであった。江戸城に近く、大名屋敷や旗本屋敷の多いところであったが、だけに武家の門限とされる暮れ六つ（午後六時ごろ）を過ぎると、一気に人気《ひとけ》はなくなった。

幸い、なにごともなく衛悟たちは屋敷へ戻ることができた。

「おかえりいいい」

迎えに出ていた中間《ちゅうげん》が併右衛門を見つけて大声をあげた。

「お戻りなさいませ」

玄関の式台に三つ指を突いて瑞紀が頭を下げた。

「うむ」

瑞紀に太刀を渡した併右衛門が、振り返った。

「夕餉を喰《く》っていかぬか」

「いえ、屋敷で用意ができておりますれば……」

ありがたい誘いだったが、衛悟は断った。

衛悟は立花家の隣、評定所与力《ひょうじょうしょよりき》柊賢悟《けんご》の弟であった。兄が家督を継ぐまでは、お控えさまとしてたいせつに扱われたが、賢悟が当主となった今、衛悟は柊家の厄介者《やっかいもの》であった。

養子の先が見つかるまで、台所隅の小部屋を居所とし、使用人同然の扱いにたえなければならない日陰の身である。

その衛悟の扱いが先日、一変した。

将軍家お側役《そばやく》永井《ながい》玄蕃頭《げんばのかみ》と縁ができ、養子先を紹介されたのだ。新御番組《しんごばんぐみ》二百八十石御堂敦之助《おどうあつのすけ》の娘和衣《かずえ》との縁談であった。

二百俵切り米取りの柊家より格上の御堂家との縁組は、願ってもないもので、喜んだ賢悟と兄嫁の幸枝《ゆきえ》は、衛悟の扱いを当主と同じものに引きあげてくれていた。もっとも仲介人である永井玄蕃頭が側役から大坂城代添番《そえばん》に転じ、江戸から離れてしまったため、話は中途で止まっていた。

「では」

一礼した衛悟を、併右衛門が止めた。

「まあ待て。少し話もある。夕餉をすませてからでよいゆえ、もう一度顔を出してくれ」

「……お話でございまするか」

衛悟は表情を引き締めた。

「いや、切迫したものではない」

併右衛門が、ちらと瑞紀へ目をやって首を振った。

「…………」

瑞紀が二人の顔を見た。父併右衛門の権力を巡る争いに巻きこまれて、一度はさらわれた瑞紀である。二人の雰囲気に敏感となっていた。

「今後のことを少し詰めておきたいだけじゃ」

「承知いたしました。では、のちほど」

衛悟も併右衛門の意図をくみ取れないほど鈍くはなかった。肩の力を抜いて、衛悟は微笑《ほほえ》みながら受けた。

柊の家は、三代続いた小普請《こぶしん》からようやく抜けだしたばかりであった。昌平黌《しょうへいこう》で優等の成績を取った衛悟の兄賢悟がようやく評定所与力となったのだ。

評定所与力など閑職の最たるものであったが、わずかながら役料も入り、小普請金を取られることはなくなった。

小普請金とは、無役の御家人旗本へ課される江戸城修繕費用負担金である。百俵につき年一両二分が徴収された。二百俵の柊家ならば、一年三両となる。三両あれば、庶民なら三ヵ月は生活できた。

小普請金がなくなったとはいえ、重代の借金は残っている。柊家の生活が苦しいことに変わりはなかった。

「ただいま戻りました」

厄介者である衛悟は、潜《くぐ》り戸《ど》を己で開けて、勝手口から屋敷へ入った。

「お帰りか。旦那さまがお待ちでございますよ。お居間へ。夕餉の膳もそちらへ用意いたしますから」

兄嫁の幸枝が顔を見るなり言った。

「わかりましてございまする」

衛悟は首肯して、兄のもとへと急いだ。

「戻りましてございまする」

廊下に手をついて、衛悟は挨拶《あいさつ》をした。

「うむ。入れ」

内職の筆写をしていた賢悟が、筆を止めた。

「立花どのは、お変わりないか」

「はい。ご壮健でございまする」

衛悟は首肯した。

幕府の表にかかわるすべての書付をあつかう奥右筆組頭の権は大きい。大名の家督から、役人の任免まで、奥右筆組頭の考え一つで、いくらでも遅くできた。また、前例を確認するのも奥右筆組頭の仕事で、老中の意見を次第によっては否定の付箋《ふせん》をつけて御用部屋へ返すこともあった。

「けっこうだ。ところで、衛悟、永井玄蕃頭さまとのお話はどうなっておる」

賢悟が問うた。

「大坂へ移られて、まだ日が経《た》っておりませぬ」

遠方への異動である。衛悟にかかわっている暇など、永井玄蕃頭にはなかった。

「わかっておるが、すでにそなたはお相手と会ったのであろう」

側役の仲介である。滅多《めった》なことで、相手が拒否してくることはなかった。

「はい……」

衛悟は口ごもった。

「で、どうであった」

身を乗りだして賢悟が訊いた。

「なかなかにご立派なお方でございました」

「婚礼の日時など、はっきりとした話はでなかったのか」

「まったく」

小さな声で衛悟は否定した。

「無礼などなかったであろうな」

「そ、そのようなこと」

咎《とが》めだてるような賢悟へ、衛悟は首を振った。

「永井玄蕃頭さまのごつごうが優先とはわかっておるが、大坂へ行かれてしまったのだ。噂《うわさ》では添番を二年ほどしたのち、城代となられるとか。大坂城代となれば、次は御老中《ごろうじゆう》ぞ」

吾《わ》がことのように賢悟が興奮した。

「御老中さまのお世話で養子に出たとなれば、衛悟、そなたの出世は決まったも同然。書院番《しよいんばん》どころか、目付《めつけ》、いや、遠国奉行でさえ夢ではなくなる」

「はあ」

酔ったように語る兄をおいて、衛悟は膳に箸《はし》を付けた。

「よいか、衛悟。なにがあってもこの縁談、潰すことはまかりならぬ。失態をおかしたならば、柊の家から放逐《ほうちく》するぞ」

賢悟が告げた。

武家にとって当主が絶対であった。

「努力いたしまする」

衛悟は嘆息した。

三

夕餉をすませた衛悟は、賢悟に事情を話して、屋敷を出た。といったところで、隣り合っている柊家と立花家である。わざわざ表へ回る必要はなかった。間を隔てる垣根の壊れたところを、衛悟は乗りこえて、立花家の庭へと入った。

「衛悟さま」

すぐに瑞紀が気づいた。

「待っていてくださったのか」

庭先に立っている瑞紀へ、衛悟は頭をさげた。

「……よく、ここをとおって行き来いたしておりました」

懐かしむように瑞紀が、垣根の隙間を触った。

「でございましたな」

　衛悟と瑞紀は幼馴染みであった。二人が子供のころは、まだ柊家と立花家の差はそれほど大きくなく、毎日のように遊んでいた。

それが併右衛門の出世に伴って、回数が減り、互いが異性であることに気づいたことで往来はなくなった。

「参りましょうか。お父上さまをお待たせしてはよろしくない」

動こうとしない瑞紀へ、衛悟は声をかけた。

「…………」

不足そうな表情を浮かべて、瑞紀が背を向けた。

「遅かったな」

部屋へ入ってきた衛悟を、併右衛門が睨《にら》んだ。

「申しわけありませぬ。少し兄から話がございまして」

衛悟は詫びた。

「賢悟どのからか。となれば、縁談のことよな」

「……はい」

気まずく衛悟は認めた。

「そういえば、詳細を聞かせてもらっておらぬな」

　併右衛門が話せと言った。

「お目にかかったていどでございまする」

「御堂敦之助であったな。新御番組の。たしか、和衣という一人娘がいた」

「ご存じで」

「あたりまえじゃ。おぬしの縁談ぞ。変なところへ行くことになっては、かわいそうではないか。まんざら知らぬ仲ではないのだ」

「かたじけのうございまする」

　告げる併右衛門へ、衛悟は礼を述べた。

「で、なにをやった」

　併右衛門が問い詰めてきた。

「側役の仲介で養子縁組が持ちこまれたのだ。普通ならば、横やりが入ってはならぬと、急いで縁組み願いが養家からあがってくるもの。しかし、御堂からはなにも申してこぬ」

「はあ」

　世事にはうとい衛悟である。そんなものなのかと、はっきりしない返事をした。

「じつは、剣の試合を所望されまして……」

衛悟は兄にも話していないことを併右衛門へ語った。

「勝ってしまったということか」

併右衛門が笑った。

「いえ、二本は御堂さまが」

「譲ったのであろう。衛悟が」

「…………」

衛悟は答えられなかった。

「まあ、新番組ていどの腕では、勝負にならぬであろうな。相手もそれを悟った」

おもしろそうに併右衛門が続けた。

「婿になるかも知れぬ男にあしらわれては、岳父の顔が立たぬわな。婿に遠慮するような毎日は、たまらぬであろう。それも格下の給米取りの次男では、たまるまい」

「はあ」

「かといって、永井さまの手前、断ることもできぬ。さぞや、御堂は困っておることだろうよ」

併右衛門が手を叩《たた》いて喜んだ。

「ところで、お話とは」

衛悟はこの話題から離れたいと、口にした。

「うむ」

不意に併右衛門は表情を引き締めた。

「他人事と笑ってばかりもおれなくなったわ」

「なんのことでございましょう」

「瑞紀……」

併右衛門が呼んだ。

「はい」

すぐに襖が開いた。

「少し話が長くなりそうだ。衛悟になにか出してやれ」

「……わかりましてございまする」

さきほどより機嫌の悪いまなざしで、衛悟を一瞥《いちべつ》して瑞紀が台所へと立っていった。

「聞いていたな」

娘の態度に併右衛門がつぶやいた。

「瑞紀どのがおられてはよろしくないのでございますか」

併右衛門が瑞紀を遠ざけたと、衛悟は気づいた。

「うむ。瑞紀にかかわることゆえな。聞かせたくはないのだ。まだ娘の消えたあとへ目をやって、併右衛門は内容を告げた。

「瑞紀どのへ、縁談が……」

衛悟は驚愕した。

「ですが、いつかは来るものでございましょう。いや、今までなかったのでございまするか」

奥右筆組頭の惣領娘《そうりようむすめ》なのだ。同格の家柄はもとより、格上からしても、願ってもない相手であった。

「何度かはあった。といっても、もう数年前だがな。儂《わし》が組頭になったばかりのころだ。もっともそれほどの家からではなかったので、断った」

あっさり相手が不足だったと併右衛門はあかした。

「…………」

衛悟は返事さえできなかった。

「まあ、過ぎた話はいい。問題は、断れば、白河侯を敵に回すことになりかねない今回の縁談よ」

「そこまで白河侯がなされまするか」

乱れた幕政を見事に建てなおし、賢侯と讃《たた》えられた松平定信と、姑息《こそく》な手段が、どうしても衛悟のなかでは一致しなかった。

「政は、闇よ。それは身に染みておろう」

冷たく併右衛門が言った。

「白河侯も不安なのだろう」

「不安でございまするか。八代吉宗《よしむね》さまの孫で、退かれたとはいえ老中筆頭でもあった白河侯が」

衛悟は驚いた。

「儂が白河侯のもとへ入らぬのがお気に召さぬのだ」

「お役目上当然のことでは」

奥右筆組頭の本質は不偏であった。書付にかかわるかぎり、奥右筆の思うがままにあやつれるのだ。どの案件を早く通し、どれを遅くするか。それだけで政は大きく左右される。老中、若年寄たちが、あの手この手を使って奥右筆組頭を自陣へ引きこもうとするのも当然である。

田沼主殿頭意次の嫡男山城守意知《やましろのかみおきとも》が殿中で佐野善左衛門政言《さのぜんざえもんまさこと》から刺殺された一件にかかわったことで、幕府の政争に巻きこまれた併右衛門へ、松平定信は手をさしのべてくれた。もっとも純粋な好意などではなかった。併右衛門、いや奥右筆組頭に利用する価値があると考えてのことだったが、何度も助けられたのはたしかであった。

もちろん、併右衛門も老練な役人である。松平定信の思惑などわかったうえで、引きこまれないように対応してきた。したがうべきはしたがい、拒絶すべきは拒絶する。つかず離れずという距離は、併右衛門の役人としての良心であった。

しかし、それではすまないところまで、話が来ていた。将軍家斉の父一橋治済の館が、水戸藩士によって襲われ、松平定信の実家田安家でも不審な動きが始まった。

幕政をふたたび田沼意次の乱れへ戻さぬため努力している松平定信にも、余裕がなくなった。焦《あせ》り始めた松平定信は、最強の駒を手に入れようと、併右衛門の娘瑞紀へと縁談をもちこんできた。

「拒むことは難しいのでございましょう」

瑞紀へほのかに慕情をいだいている衛悟であったが、それを押し殺して冷静に言った。

「……拒めぬわけではない。まだ正式な話ではないしな。正式に人を介してきたとて、断れぬわけではない。ただ、誰が聞いても納得するだけの理由が入り用となる」

「誰もが納得する……無理でございましょう」

衛悟が首を振った。

どのような理由を付けようとも、気に入らぬ者からすれば、首肯できるものではなかった。

「いや、いくつか手はある」

「ございまするのか」

「瑞紀を婚姻《こんいん》させてしまえばいい」

併右衛門が淡々と述べた。

「無理でございましょう。失礼ながら松平定信さまは、瑞紀どのが独り身と知ったうえで策を講じておられるのでございまする。そのような姑息な手がつうじるとは、とても思えませせぬ」

「忘れたか、儂は奥右筆組頭ぞ。大名旗本の縁組をあつかうのだ。書付一枚、出した形にするなど、容易」

改竄《かいざん》など赤子の手をひねるようなものだと、併右衛門が策を口にした。

「しかし、瑞紀どの一人で婚姻はなせませせぬぞ」

「そのようなもの、どうにでもなる。紙の上だけのことならば、衛悟、そなたの名前を借りるだけでことはすむのだ。提出しなければなかったことにできる。二人に傷がつくことはない」

併右衛門が述べた。

「白河侯がそれで引き下がられまするか」

「下がられまいよ。このていどのことで、あきらめられるようならば、執政など務まりはせぬわ。相手に婿が入れば、離縁させてでも。それが、雲の上におられる方々の考えじゃ。下におる者のことなど、何一つ考えてはおられぬ」

「それでは意味がございませぬ。瑞紀どのに形の上とはいえ、汚点をつけることになるだけ、こちらが損でございましょう」

衛悟は認められないと言った。

「だが、ときは稼げる。幸いなことに、白河侯は、執政ではない。力をお持ちとはいえ、表でそれを遣《つか》うわけにはいかぬのだ。幕閣には白河侯に引きあげられた者も多いが、冷や飯を食わされた者はよりたくさんいるのだ」

田沼意次の施政を全否定した松平定信によって、罷免降格左遷された役人たちはかなりの数にのぼった。それらが、松平定信失脚に伴い、幕政へ復帰している。

「いつの世でも同じことだ。権を握ったものは、前任者の影響を排除しようとする。いずれ、己の身にふりかかることと知りながらな」

小さく併右衛門が笑った。

「不偏不党なればこそ、生きのびることができる。派に属せば、身に合わぬ出世もできようが、一つ階段を踏みはずせば、真っ逆さまに落ちる。儂が未《いま》だ奥右筆組頭の職にあり続けておれるのは、誰にも近づかなかったからよ」

併右衛門が衛悟へ処世術を語った。

「その件にかんしては、拙者なにもお手伝いできそうにございませぬ」

衛悟の手が届く範疇《はんちゅう》ではなかった。

「わかっておる。儂が頼みたいのは、瑞紀の身を護ることだ」

「身を護るとは……前のような」

言われて衛悟は表情を厳しくした。併右衛門の動きを規制しようとした伊賀者《いがもの》によって、瑞紀がさらわれ、人質となったことがあった。なんとか衛悟の活躍で、無事救いだせたとはいえ、少しまちがえれば命にかかわりかねない危機であった。

「いいや。さらっていくのは、松平主馬じゃ」

「千五百石取りの旗本がそのようなまねをいたしまするか」

「うむ。少し調べてみたが……松平主馬の内情は火の車で、白河侯の援助がなくば、家が潰れかねぬ」

奥右筆組頭のもとへ集まるのは、書付だけではなかった。少しでも便宜をはかってもらおうとする役人たちが、いろいろな噂話を持って来てくれた。それこそ、どこそこの家には、どれほどの借財があるかまで併右衛門の耳へ入ってくる。

「名門であるが、主馬は家督相続をいたしてから一度も役目に就いておらぬ。どうやら、先代が田沼意次に付いて、白河侯を敵に回したらしい」

「一族を裏切ったと」

「そうなるの。だけに、白河侯が執政となられてから、ずっと冷や飯を喰わされてきた。おそらく、今回の件をうまくやってのければ、役目に就けてやるとの裏があるはずだ。でなくば、松平の苗字を持つ家柄から、儂のところへ、婿入りしてくるなどありえぬ」

松平の多くは三河《みかわ》譜代《ふだい》である。徳川の旗本でも三河譜代は、格別な家柄として、幕府からも一目置かれていた。

対して併右衛門の先祖は柊家と同じく、甲府《こうふ》譜代であった。もとは武田《たけだ》家の家臣であったのが、主家の滅亡によって徳川へと臣従した。関ヶ原の合戦まえに家康へ仕えたことから譜代とされているが、そのじつ三河譜代と甲府譜代の間には、大きな溝があった。

「弱みを握られたと」

「うむ。松平主馬は、大きな失策をしたのだ。あのまま田沼どのが、執政であり続けていたら、主馬は、いまごろ大名になっていただろう。しかし、田沼どのは消えた。残ったのは裏切った相手の松平定信である。冷遇されるのは当然。さらにまずいのは、政争で敗れた田沼意知は幕閣を追いだされたうえ、失意のうちになくなった」

「今白河侯へ反発している連中からしてみれば、千石ていどの旗本など、どうでもいい。きつくいえば、田沼意次亡き後は、邪魔よ。皆、一度干されたところから自力で這《は》いあがってきたのだ。なにもできない者へ手をだしてやるほど、親切でもないし、余裕もない」

「そのような者なればこそ、落ちかけた白河侯へ目をつけた。言うことをきくから助けてくれと」

「見えるようになったの。そのとおりよ。結局は走狗でしかないのだが、それでもこのまま埋もれていくよりは、はるかにましと考えたのだろう」

併右衛門が語った。

「このたびのことは、浮きあがる最後の機会」

「であろう。それだけに必死であろう。瑞紀をさらって、そうよな、ものの三日も過ごせばいいのだ。そのあいだに、親戚を集めて、婚約の話を拡げてしまえば、瑞紀はもう傷ものとされたも同然。主馬の息子を婿として受けいれるしかなくなる」

「なるほど。そこまでして参りまするか」

衛悟は憤《いきどお》った。

「かといって、白河侯と真っ向から敵対することはできぬ。そのようなまねは、立花の家を潰すことになる」

「手出ししてくるたびに、迎え撃つしかないと」

「そうじゃ。衛悟、頼むぞ」

「よろしゅうございまするが、万一、その真二郎が瑞紀どのへちょっかいを出したとき、どこまでやってよろしいのでございましょう」

相手は千五百石取りの旗本である。正当な理由があっても、格下の柊家としては立場上まずい。下手すれば、兄賢悟へ累《るい》が及びかねなかった。

「殺しさえせねばいい。忘れたか、衛悟。そなたには永井玄蕃頭さまという後ろ盾があるのだ。向こうも手出しをした弱みがある。息子の命さえ無事なら、ことを荒立てては来るまい」

「ならば、承知いたしましてございまする」

衛悟が引き受けた。

四

旗本の家はどこも同じであるが、当主を送りだしたあとは、大門を閉じ、ひっそりと静かになる。立花も柊も同様であった。

「道場へ行って参りまする」

朝餉をすませた衛悟は、一応立花家の周囲を一巡りしてから、駒込村《こまごめむら》にある涼天覚《りょうてんかく》清流大久保《しんりゅうおおくぼ》道場へと向かった。

江戸では無名に近い涼天覚清流である。弟子の数は少ないが、午前中は稽古《けいこ》どきである。いくつもの気合いが響き賑《にぎ》やかであった。

「やあああ」

若い弟子が、竹刀《しない》を大きく振りかぶって師範代上田聖《うえだちから》へとぶつかっていった。

「腰が浮いておるぞ」

上田聖が遠慮なく若い弟子を体当たりで飛ばした。

「ぎゃっ」

道場の羽目板《はめいた》で背中を打った若い弟子がうめいた。

「すまなかったな。だが、ここまで飛ばされればわかるであろう。体重の差だけでないことが」

手をさしのべながら上田聖が、若い弟子を諭《さと》した。

「……はい」

若い弟子が意気消沈しながら首肯した。

「何年かかったと思う。聖がそこまでなるには」

近づいて衛悟は、若い弟子へ告げた。

「剣の修行は焦ってはいかぬ。次は、拙者が稽古をつけてやろう」

衛悟は竹刀を手にした。

「任せたぞ」

次の指導のため、上田聖が離れた。

「まずは構えてみよ。そうじゃ。腕はいい。あと腰をもう少し落とせ。うむ。そのくらいぞ。では、腰を上へあげぬようにしてかかってくるがいい」

来いと衛悟はうながした。

「お願いいたしまする」

若い弟子が、勢いを付けてかかってきた。

「おう」

稽古では、撃たせないと意味がなかった。わざと衛悟は竹刀で受けた。

「そこでも一寸（約三センチメートル）前へ出るようにすれば、重さが倍は違う。受けた太刀ごと割る。それが涼天覚清流の極意だ」

「はい」

「もう一度来い。いいか、拙者の目を見るな。足下だけに注目しろ。さっきより少しだけ前へ踏みだせ。そのためには、蹴り足をあまり後ろへ退くな」

ていねいに衛悟は教えた。

「行きまする」

若い弟子がふたたび突っこんできた。

「やあ」

甲高《かんだか》い声をあげつつ踏みこんだ。

「…………」

無言で受けた衛悟は、大きくうなずいた。

「これよ。この重さがあれば、太刀はやすやすと相手を斬り裂く。切っ先が軽いと太刀の入りも浅くなる。一撃で倒せるかどうかで、生き残れるかどうかが決まる。今の踏みこみを忘れぬよう、身体に覚えさせよ」

衛悟は竹刀を下げた。

「かたじけのうございまする」

喜んで若い弟子が頭をさげた。

次の稽古相手を求めて周囲を見まわした衛悟は、上座で笑っている道場主大久保典《てん》膳《ぜん》と目があった。

「…………」

無言で大久保典膳が手招きした。

「なにか」

上座へ近づいた衛悟は膝《ひざ》を突いて訊いた。

「いや、おぬしが、初心の者へあのように優しく接するとは意外であったぞ」

大久保典膳が言った。

「稽古とは己を磨くことと、他人の面倒など見ることなく、一人黙々と竹刀を振っておったころからは、思いもつかぬ」

「ご勘弁ください」

昔のことを言われた衛悟は赤面した。

「いやいや、成長ぶりを褒めておるのだ。今の衛悟ならば、聖に代わって師範代となってもおかしくはない」

「とんでもございませぬ。師範代のような重責は、とうていつとまりませぬ」

「なぜそう思う」

首を振った衛悟へ、大久保典膳が問いかけた。

「まず腕がまだ伴っておりませぬ。つぎに、心が練れておりませぬ。師範代とは、その道場を背負って立つもの。師範に代わって弟子たちの面倒を見るとなれば、わたくしのような厄介叔父ではなく、黒田どのが家中で小荷駄支配《こにだしはい》を務める聖こそ適任。役目もなく、妻もなく絶えず一人のわたくしでは、経験が不足しすぎておりまする」

衛悟は理由を並べたてた。

「よきかな、よきかな。聖」

満足そうにうなずいて、大久保典膳が上田聖を呼んだ。

「いかがでございましょうや」

やって来た上田聖が、座るなり尋《たず》ねた。

「うむ。合格じゃ」

大久保典膳が答えた。

「安堵《あんど》つかまつりました」

肩の力を上田聖が抜いて、微笑んだ。

「なんのことだ」

わけのわからない衛悟は質問した。

「じつは、殿のお供をして国元へ戻ることになったのだ」

上田聖が告げた。

「なんだと。福岡へか」

聞いた衛悟は驚愕した。

「うむ」

はっきりと上田聖がうなずいた。

上田聖は、九州福岡黒田四十七万三千石で小荷駄支配役を務めていた。戦場へ武器弾薬兵糧などを運ぶことを任とした小荷駄は、泰平の世となった今、藩主やその一族の荷を輸送するものへと変化していた。

「といっても参勤のお供なのだがな」

上田聖が苦笑した。

参勤とは幕府が定めた大名統制の規約であった。特殊な事情を認められていない限り、すべての大名は江戸と領国を一年交替で行き来する。

幕府へ忠誠を誓わせると同時に、金を使わせ、大名の力を削《そ》ぐ目的で参勤交代は義務づけられていた。

「ということは、今度江戸へ出てくるのは一年先か」

「そうなるな」

衛悟の確認に、上田聖がうなずいた。

「一年もの間、師範代を留守にしておくわけにもいくまい。そこで師に相談したところ、衛悟、おぬしが適任であろうとなったのだ」

上田聖が説明した。

「ありがたい話だが、拙者に聖のまねはできぬぞ」

二十名からの足軽を支配するだけでなく、妻と子もある上田聖の人柄は、落ち着きがあるうえに、細かいところまで気が回る。また剣においても、数年早く免許皆伝をもらったことでもわかるように、衛悟より高みにいた。

「あほう」

大久保典膳が、衛悟を叱った。

「誰が聖と同じことをせよと申した。おぬしはどうあがいても聖にはなれぬ。と同時に、聖もおぬしとは違うのだ。おぬしはおぬしなりに師範代とはどういうものなのかを考えて、務めればいい」

「そうだ。拙者の代わりなど要らぬ。衛悟、おぬしの想いを弟弟子たちへぶつければいい。師範代とは、そういうものだ。決して師に追いつけるものではないのだから、無理をせず、できる範囲のなかで面倒を見てやればいい。それに師範代としての日々はかならず衛悟の糧になるはずだ」

師と兄弟子に衛悟は諭された。

「はあ」

押しきられて衛悟は師範代になった。

「いつ発《た》つのだ」

稽古を終えて弟弟子たちが帰ったあと、あらためて衛悟は問うた。

「藩主公の先触れとしてお荷物を運ぶゆえ、来月初めには江戸を発つ」

「あと二十日もないではないか」

衛悟は焦った。

「いろいろ教えてもらわねばならぬ。人を指導したことなどないのだぞ。拙者は」

「だからこうやって話しておるのだ」

落ちついた口調で上田聖が述べた。

「構えろ、衛悟」

上田聖が竹刀を持って道場の中央に立った。

「おう」

応じて衛悟も竹刀を構えた。

「まずは、正《せい》の振りを見せてみよ」

「承知」

親友とはいえ、道場に立てば上下は自ずと定まる。衛悟はていねいに受けた。

涼天覚清流は、戦国を色濃く受け継いだ実戦剣術である。鎧兜《よろいかぶと》に身を包んだ武者を一刀で葬る一撃必殺の太刀を極意とする涼天覚清流の構えは、切っ先で天を指すような上段を基本としていた。

衛悟は竹刀の柄を額につけるほど高々とあげ、気合いの充実を待った。

「おうりゃあ」

大きく踏みだして、衛悟は涼天覚清流の根本、一天の太刀を放った。

臍《ほぞ》をわずかに過ぎたあたりで太刀を止め、残心の形をとる。

「ふうむ」

うなった大久保典膳が、上田聖へ声をかけた。

「どう見た」

「ゆがんでおりまする」

「それはわかっている。儂が許したのだからな」

上田聖の答えに大久保典膳が言った。

一天の太刀は、丸い兜を両断するためにまっすぐの軌道を描かなければならなかった。少しでも刃先が傾けば、兜の傾斜ですべって、必殺ではなくなる。

それを衛悟は変えていた。

すでに戦国の世は終わり、兜を身につけた敵と戦うことなどなくなった。急所を撃てば、わずか一寸（約三センチメートル）の食いこみで倒すことができるのだ。そこで衛悟は一天の軌道をわずかに斜めへとずらした。

「人斬りの太刀でございますれば」

涼天覚清流の修行を積んでおきながら、その基本の形を曲げてしまったことを衛悟は申しわけなく思っていた。

「ふん。剣術はどう言いわけしたところで人斬りの術じゃ。活人剣などとほざく奴がおるが、三尺（約九〇センチメートル）近い刃物を振りまわして、危なくないはずなかろう。衛悟の剣が邪に落ちたならば、儂が始末を付けてくれる。そう前にも申したはずだ。人を護るために敵を斬っておるのだろう。誇れとは言わぬ。ただ、卑下するな。そなたが人を斬った己を卑下するならば、衛悟の剣で助けられた者はどうすればいい。それこそ世間に顔向けできぬことになるぞ。生きていて申しわけありません。そう言わせる気か」

「そんな……」

あわてて衛悟は首を振った。

「よいか。包丁が大根を切ったり魚を捌《さば》いたりするためにあるように、剣は人を斬るためにある。あつかう心根一つで、剣は凶器となる。衛悟、人を斬ることに慣れるな。楽しむな。これだけは守れ。さすれば、剣は狂わぬ」

「……はい」

大久保典膳の叱咤《しった》に衛悟はうなずいた。

「と言っては見たが、これでは、若い弟子のしつけはできぬな」

腕を組んで大久保典膳が悩んだ。

「ですが、衛悟ほど目のできた者はおりませぬ。こればかりは拙者でもおよびませぬ」

上田聖が言った。

「潜《くぐ》り抜けてきた実戦の数が違う」

うなずきながら大久保典膳も認めた。

目とは相手の動きを読みとる能力のことだ。つま先や肘《ひじ》、肩、手首、目などの動きで、相手がいつどこを狙ってくるかを推測する。さらに撃ち出された剣の軌道を追いかける。この二つができれば、どのような攻撃にも最小限の動きで対応できた。

「稽古をつけるうえで、目は重要だ。弟弟子がどう出てくるかわかれば、最適の受けができ、竹刀の動きをちゃんと摑《つか》んでいれば、その欠陥を的確に指摘できる。剣を教える者にはなくてはならぬ素質だからな」

話しこむ二人に衛悟は入りこめず、ただ竹刀を持って立っているしかなかった。

「衛悟、霹靂《へきれき》を撃ってみせよ」

「はっ」

大久保典膳の求めに、衛悟は応じた。

ふたたび衛悟は一天の構えを取った。

「おうりゃああ」

裂帛《れっぱく》の気合いとともに衛悟が出したのは、一天の構えからのものと同じであった。

違っていたのは、一天が振りおとすだけの一撃必殺であったのに対し、霹靂は落ちた切っ先を地面すれすれでひるがえし、天へと切り返した。それを衛悟は四度やってのけた。

「四斬……」

上田聖が息を呑《の》んだ。

霹靂は涼天覚清流の奥義《おうぎ》である。大久保道場で霹靂を遣えるのは、道場主大久保典膳、師範代上田聖、そして衛悟の三人だけと、まさに秘太刀であった。

もともと涼天覚清流の一刀は全身の力を載せるため重く、太刀で受けることはできなかった。太刀を叩《たた》き折ってそのまま襲い来るのだ。となれば、かわすしかない。だが、神速といわれる一撃を何度もかわすことなどできなかった。

一拍の間に太刀を上段から下段、下段から上段、さらに上段から下段をくりかえす霹靂は、必殺であった。

ただ、呼吸を止めすべての力を放出する霹靂は、続けて撃つことが難しかった。ほとんどの者が上下の一斬しか体得できないにもかかわらず、衛悟は四斬出して見せた。

「儂にならんだか」

さすがの大久保典膳も息を呑んだ。

「師よ。今の衛悟と戦えば、拙者勝てませぬ」

「真剣ならば、儂もわからぬわ」

上田聖と大久保典膳が顔を見あわせた。

「だが、これでも勝てぬ相手と衛悟は刃《やいば》をかわしているという」

「化けものでございますな」

大久保典膳と上田聖は、衛悟の戦いをあるていど聞かされていた。

「衛悟」

「……はい」

荒い息を抑えて衛悟は返事をした。

霹靂は体中の筋を一気に動かすだけでなく、肺のなかに貯めた空気も使い果たす。一度遣えば、立っているのがやっとという状態になった。

「霹靂を極めようとするな」

きびしい声で大久保典膳が言った。

「四斬や五斬の霹靂など実際遣うことなどない。いや、遣わねばならぬような相手にあったならば、逃げるべきだ」

撃てばあとがなくなるにひとしい霹靂は、背水の陣であった。

「……………」

衛悟は答えなかった。

冥府防人と戦うには、四斬の霹靂でさえ不足だと衛悟はわかっていた。冥府防人と己の間にある差は、それほど大きかった。

「逃げることは恥ではない。勝負で負けて死ぬことこそ恥辱である。生きていれば、修行を積んで恥をそそぐことができる」

「……………」

師の言葉にも衛悟はうなずけなかった。衛悟は冥府防人に挑んで負け、何度も見逃してもらっている。だが、それは冥府防人の気まぐれでしかない。いつ、己の命が断たれても不思議ではないと衛悟は理解していた。いや、冥府防人がその気になったならば、衛悟は抵抗することもできずに殺される。

「霹靂はな、捨て身の技ではない。今のそなたなれば、二斬の霹靂で止めておけば、そのあとも障りなく動けよう」

「二斬では勝てませぬ」

ようやく衛悟は口を開いた。

「だが、人の身体は霹靂をそう何度も撃てるようにはできておらぬ。人は息をせねば生きていけぬ。その息を霹靂は止めるのだ。霹靂は天地の理《ことわり》に反した技。始祖堀口《ほりぐち》貞勝《さだかつ》師でさえ、霹靂は五斬が限度であったという」

大久保典膳が語った。

「霹靂を遣わずとも勝てる工夫をせよ。でなくば、よくて相討ちにしかならぬ。相討ちは負けと同じじゃ。死合《しあい》のあと生きて立っているものが勝者なのだ。たとえ、罠を張ろうとも、鉄砲を使おうともな。負けた者は命を失い、勝者を糾弾することもかなわぬ」

「相討ちを求めてはおりませぬ」

はっきりと衛悟は首を振った。

併右衛門を狙うのは冥府防人一人ではなかった。味方であったはずの松平定信も敵となりつつある今、衛悟は死ねなかった。

「わかっておればいい。儂は弟子に死にかたを教えているわけではない。死生一如《ししょういちにょ》など坊主の寝言を言う気もない。生きて帰る。そのための涼天覚清流である。それを心せよ」

「はい」

衛悟は首肯した。

「さて、どうしたものかの、聖」

言い終わった大久保典膳が嘆息した。

「やらせてみるしかございますまい」

上田聖が答えた。

「じゃな。師範代として弟弟子たちの成長を見守るのも、衛悟にとっては勉強となろう」

大久保典膳がうなずいた。

「明日から、朝五つ（午前八時ごろ）には、道場へ入れ。わずかだが、師範代には給金が出る。といったところで、月に一分ほどしかやれぬがな」

「かたじけのうございまする」

一分は併右衛門の護衛の日当と同額であったが、衛悟にとって剣で金がもらえるようになったことは誇りであった。

「では、帰れ。奥右筆どのの護衛をせねばなるまい。昼飯を喰っておかぬともたぬぞ」

用はすんだと大久保典膳が手を振った。

「御免を」

衛悟は竹刀を片づけて、道場をあとにした。

どこの剣術道場も朝稽古が主で、昼からはよほど剣に打ちこむ者か、仕事で朝来られない者とかだけとなり、人気は少なくなる。

弟子の少ない大久保道場など、誰一人来ない日のほうが多いありさまであった。

「どう思う」

二人きりになった大久保典膳が、上田聖へ話しかけた。

「相討ち狙いをしなくなっただけ、ましかと」

上田聖が答えた。

「うむ。勝ちを欲しがらなくなったこともよい」

大久保典膳もうなずいた。

「しかし、今の衛悟をして、そこまで思わせるほどの遣い手が、おるのでしょうか」

すなおな疑問を上田聖が口にした。

「世のなかは広い。隠れた名人上手はどこにでもいる」

「怖ろしゅうございますな」

小さく上田聖が震えた。

「その相手が出て来たことで、飯代にも事欠いていた衛悟が、まがりなりにも仕事を得ることができた。なにより……」

一度大久保典膳が言葉を切った。

「なにより、衛悟は、そいつのお陰で一枚も二枚も剣の腕をあげた。このまま剣を追求し続けることができれば、衛悟は一流を立てるにふさわしい剣術遣いになろう」

「そこまで上りまするか」

上田聖が驚愕した。

「それが衛悟にとって幸せなのか、不幸なのか。剣術遣いの道を選んだとき、衛悟は人並みの生活と決別せねばならなくなる。妻《めと》を娶り子をなす代わりに、弟子を取り、技を伝えて名を遺す。どちらが、よいのか、本人でさえわからぬであろうな」

「師……」

重い師の声に、上田聖が気遣いの声を漏らした。

「儂にできることは、衛悟が己で選択するのを助けてやるだけ。命をかけて護るべき相手を持った者を導くなど、傲岸不遜《ごうがんふそん》だでな」

大久保典膳が肩の力を落とした。

第二章　人身御供《ひとみごくう》

一

　溜間詰大名《たまりのまづめ》は、江戸城中でも別格の扱いを受けた。百万石の前田《まえだ》、七十七万石の伊達《だて》をも呼び捨てにする老中でさえ、敬称をつけ、遠慮するだけの権威が与えられていた。

「越中守《えっちゅうのかみ》どの」

　江戸城の廊下を歩いていた松平越中守定信は、背中から声をかけられた。

「これは備中守《びっちゅうのかみ》どのか。ご執政ご苦労に存じる」

　足を止めて振り向いた松平定信が、先に挨拶《あいさつ》をした。

「おそれいる」

恐縮した振りでほんの少し頭をさげた老中太田《おおた》備中守資愛《すけよし》が、松平定信の隣に立った。

「御用でござるかな」

八代将軍吉宗の孫で前の老中筆頭であった松平定信は、江戸城中での格が高い。それでも松平定信は執政の権威を護《まも》るため、辞を低くして対応した。

「しばしお手間をいただきたい」

太田備中守が、廊下の隅へと松平定信を誘った。

「なんでござろうか」

松平定信がふたたび問うた。

「孝恭院《こうきょういん》さまのことでござる」

「……家基さまの」

すっと松平定信の目が細められた。

孝恭院とは、十代将軍家治の嫡男家基の法名であった。

家基は、宝暦《ほうれき》十二年（一七六二）に家治の側室お知保《ちほ》の方から生まれた。正室閑院《かんいん》五十宮《いそのみや》倫子《ともこ》とのあいだに二人の姫をもうけていながら早世された、家治待望の男児であった。

二ヵ月後側室お品《しな》の方も貞次郎《ていじろう》を出産したが、三ヵ月で死去したこともあり、家基は宝玉の如《ごと》くたいせつに育てられた。

明和《めいわ》三年（一七六六）、五歳で元服、冠役を彦根《ひこね》藩主井伊《いい》掃部頭《かもんのかみ》、理髪を会津《あいづ》藩主松平肥後守《ひごのかみ》がおこない、即日従二位大納言《じゅにいだいなごん》へ任官するなど、十一代将軍になるべく着々と準備が進められた。馬術、鷹狩りを好み、八代将軍吉宗の血筋を色濃く受けついだ家基は、周囲の期待を受けて壮健で、また聡明に育った。

本丸から西の丸へ移り、いよいよ世継ぎとして必要な側近大名たちも決まり、あとは家治から将軍を譲られる日を待つばかりとなった安永《あんえい》八年（一七七九）二月二十一日、品川へ鷹狩りに出た家基は、狩り場で急病を発した。急遽《きゅうきょ》江戸城へ戻った家基を奥医師総出で看病したが、薬石の功なく、二十四日逝去した。享年十八歳であった。

期待していた嫡男の急死を聞いた家治の衝撃はすさまじく、ついには政《まつりごと》への興味も責任も失った。

「そうせい」

なにを奏上しても、そうしか答えなくなった家治は、そうせい公などと陰口をたたかれながらも天明《てんめい》六年（一七八六）まで生きるが、その治世は田沼主殿頭《とのものかみ》意次の思うままとなり、幕府財政に大きな傷を遺した。

家治は将軍継嗣《けいし》にも無気力となり、本来ならば家康の遺言にしたがって、まず御三家から選ぶべきであったにもかかわらず、田沼意次が一橋豊千代をと推薦するとやはり「そうせい」と答えるほど興味をなくしていた。

家基が生きてさえいれば、松平定信は十一代将軍を巡る争いに巻きこまれず、養子に出された白河から実家へ戻り、病弱であった兄の跡を受け、御三卿《ごさんきょう》の当主となっていたかもしれなかった。

「なにかござったのか」

忸怩《じくじ》たる思いを表に出さず、松平定信が先をうながした。

「…………」

口を閉じて、太田備中守が周囲を見まわした。盗み聞きしている者がいないかどうかを確かめた。

「じつは、家基さまは何者かの手によって害されたというのでござる」

声をひそめて太田備中守が告げた。

「そのようなざれごとを誰が申しておるのでござる」

松平定信は、まず否定した。

「ご存じではございませぬか。城中で大きな噂《うわさ》となっておりまする」

太田備中守が答えた。

「噂でござるか。そのような根も葉もないことを執政衆が、お取りあげになられては、幕政の規律が保てませぬぞ」

「根も葉もないことで、ただの噂ならばよろしいが……もし証拠でも出て参れば、上様のお名前に……」

「お言葉を考えられよ」

途中で松平定信がさえぎった。

「よろしいか。万一家基さまがそうであったならば、江戸において将軍世子さまの命を奪った者がおるということでござる。天下の城下町でそのようなことがあったとすれば、老中若年寄ら執政衆はもとより、大目付《おおめつけ》目付、町奉行らは全員腹切らねばなりませぬ」

「それほど……」

厳格な松平定信に太田備中守が絶句した。

「当時その職に在《あ》った者は多くが死去しておりましょう。しかし、だからといって放置はできぬ大事でござる。さかのぼって罰し、いくつかの家は取《と》り潰《つぶ》し、他も禄《ろく》を減らすか、格式を下げるかせねばなりますまい」

「備中守どのは、当時たしか寺社奉行でござったはずじゃ。家基さまがご休憩なされた寺院にかかわりありとなれば、貴殿も無事ではすみませぬぞ」

「…………」

太田備中守が声を失った。

「このような噂など、相手にされぬのが、もっともよいのでござる。さらに噂の元凶を探しだし、厳罰に処さねばなりませぬ」

「越中守どのは、家基さまが何者かの……」

「ありえるはずもござらぬ。家基さまは急病でござった。よろしいな」

「はい」

格の違いを見せつけられて、太田備中守はすなおにうなずいた。

太田備中守を脅《おど》すように諭した松平定信は、家斉へ目通りを願った。

幕政顧問ともいわれる溜間詰大名には、いつでも将軍と会う権が与えられていた。

「なんじゃ」

うるさそうに家斉が松平定信を迎えた。

「お庭を拝見つかまつりとうございまする」

松平定信は願った。

「庭か。よいな。躬《み》も参ろう」

家斉が立ちあがった。

将軍の日常は、午前中に政務をおこない、昼からは、剣や馬などの武術鍛錬と決まっていた。しかし、乱世を終えて長く経てば、将軍に武術を学ばせる意味合いが薄れ、昼からは小姓たちとしゃべったり、将棋を指したり、書を紐解《ひもと》いたりする遊興のときとなっていた。

「躬と越中だけでよい。あとは待っておれ」

命じて家斉が庭へ降りた。

将軍御休息の間には、ちょっとした庭がついていた。築山や泉水もあり、少し歩けば、誰の目も届かなくなった。

「どうした」

家斉が東屋《あずまや》のなかへ入って問うた。

「このようなことを太田備中守が申して参りました」

松平定信が語った。

「ふむ」

聞き終わった家斉が、沈思した。

「今ごろか。みょうだな」

「はい」

家斉の言葉に松平定信が同意した。

すでに家基が死んだときから疑惑は根強くあった。

「何年も経ってからわざわざ掘りかえす理由はなんだ」

「わたくしめを動かすのが目的でございましょう」

「やはりか」

二人の君臣が目をあわせた。

松平定信と家斉は、君臣をこえた絆《きずな》で結ばれていた。十一代将軍の座を巡って争ったとはいえ、互いの意思ではなく、他人の思惑で踊らされただけという境遇が二人を強く結びつけていた。父治済の大御所《おおごしょ》認定問題で政争に敗れ、幕閣を去らざるを得なくなった松平定信を溜間詰として残したのは家斉であった。

「わたくしめが邪魔になったということでございましょう」

「幕府の禁忌でもあるからの。家基どのが死は。それにそなたを触れさせ、幕府から完全に追放するつもりか」

「追放ではすみますまい。家基さまの死にかかわったとされれば、謀反《むほん》同然。いかに八代将軍吉宗さまの血を引くとはいえ、許されることはございませぬ。我が身は切腹、藩は改易。吾《わ》が血を引く者すべても……」

家斉の意見に松平定信が首を振った。

「父か」

小さな声で家斉が訊《き》いた。

「……おそらく」

松平定信はうなずいた。

「まだあきらめておらぬのか」

大きく家斉が嘆息した。

「大御所就任をわたくしが潰しましたゆえ」

治済が己《おのれ》を憎む理由を松平定信は摑《つか》んでいた。

息子家斉を宗家の養子に送りこんで十一代将軍の父となった治済は、大御所の称号を欲しがった。

本来大御所というのは、将軍の地位にあったものが、隠居してから与えられる称号であり、長い徳川幕府の歴史においても、初代家康《いえやす》、二代秀忠《ひでただ》、八代吉宗だけに許された格別なものであった。

また大御所の敬称は朝廷から渡されるものであり、幕府が勝手に使っていいものではなかった。

そこで幕府は朝廷へ、治済に大御所の称号をくれるよう頼んだ。同時期、朝廷は光《こう》格《かく》天皇の父典仁《すけひと》親王に太上《だいじょう》天皇の尊号を望んでいた。

このとき、ほとんどの老中は大御所就任と引き替えに太上天皇を認めてもいいと考えていた。それを松平定信がひっくり返したのだ。

「只《ただ》仮りの御虚号に候ても、御私の御恩愛によりて、御位を踏まれず、御統記を受けられずして、太上天皇の尊号これあるべき御道理、曾《かつ》てござなく、ことに尊号宣下《せんげ》と申す儀は、なおもって御道理いかがの筋に存じ奉《たてまつ》り候。御名器は御私のものにこれなきところ、右のとおりに相成《あいなり》候ては、御筋合然《しか》るべきからざる儀にござ候」

じつを伴わない名前だけの尊称など意味がないと、松平定信は切って捨てたのであった。

ほぼ決まりかかっていた大御所の呼称を奪われた治済は激怒し、家斉へ定信の罷免《ひめん》を強く迫った。

やはり合議であるべき決定を、たった一人でひっくり返した松平定信への反感は御用部屋でも強くなり、そこへ倹約を命じられて鬱憤《うっぷん》のたまっていた大奥まで加わって、ついに家斉は松平定信を罷免せざるを得なくなった。

「将軍の座などありがたいものではないぞ。好みのものも食べられず、食べたくなくとも食べねばならず、なにをするにも他人の目と手がある。愛しい女と睦言《むつごと》を交わしているすぐ横で、別の女が見張っておるのだ。言いたいことも言えぬ。このような毎日に、父はなにを求めておられるのか」

家斉が嘆息した。

「手に入らぬと思えばこそ、より欲しくなる。それが人の業でございましょう」

松平定信も同意した。

「で、どうするのだ。放置しておくのであろう」

余計なちょっかいは、無視するにかぎる。家斉は言った。

「いえ。乗ってみようかと思いまする」

「なんだと」

家斉が驚いた。

「そろそろ一橋さまにも、身のほどというのを知っていただかなければなりませぬ。今の天下は上様のもとで治まっておりまする。さらに申しあげれば、上様には敏次郎《としじろう》君という立派なお世継ぎもおられまする。無礼ながら上様の父治済《はるさだ》さまといえども、すでに出られる場所はないのでございまする」

ゆっくりと松平定信が述べた。

「……父を……」

小さく家斉が息を呑《の》んだ。

「まさか、お命をお縮め申しあげるようなまねはいたしませぬ。ただ、一橋家の当主でご辛抱くださるようにご説得いたすのみ」

「すまぬな」

家斉が頭をさげた。

「なにをなさりまするか」

あわてて松平定信が家斉の前に膝《ひざ》を突いた。

「除けてしまえば、楽であるのにな。越中には恨《うら》みがあるはずだ。それを躬《み》のために辛抱させておる」

「とんでもございませぬ。上様、わたくしは人の命を奪うことをよしといたしておりませぬ。ですから、お気になされず」

松平定信が、治済を害することはないと宣した。

「わかった。よいようにいたせ。ただし、決して越中、そなたが傷つくことは許さぬ」

「かたじけなきお言葉」

「幕府を、将軍の正当さを護るためならば、躬は喜んで父を捨てよう。遠慮いたすな」

「……上様」

悲愴な決意を見せた家斉へ、松平定信は心から平伏した。

「では」

下がっていく松平定信は、見送る家斉が苦渋の表情を浮かべていることに気づかなかった。

二

一橋家用人城島左内《きじまさない》のもとへ、老中太田備中守の留守居役《るすいやく》田村一郎兵衛《たむらいちろうひょうえ》が訪れていた。

「主《あるじ》よりお館さまへ、本日、白河へ孝恭院さまの話をいたしましたとお伝えするように仰せつかって参りましてございまする」

田村一郎兵衛が告げた。

留守居役とは大名の外交を一手に担う重職であった。とくに老中の留守居役ともなれば、一万石ていどの大名よりも大きな権を持っていた。

「たしかに承りましてございまする」

城島左内が受けた。

一橋家の家来、そのほとんどは幕府から任じられた者であったが、ごくわずか独自に仕官させた者もいた。城島家は一橋家が創設されたときに仕えた数少ない譜代の家柄である。一橋治済の信頼も厚く、来客の応対いっさいを任されていた。

「さしたるものではございませぬが、主からお館さまへ」

風呂敷包みを開いて田村一郎兵衛が、土産《みやげ》を渡した。

「国元より届きました猪《いのしし》の味噌《みそ》漬けでございまする」

「これはこれは。主も喜びましょう」

にこやかに城島左内が受けとった。

「あとこれは、城島さまへ」

小さな袱紗《ふくさ》包みを田村一郎兵衛が差し出した。

「わたくしにまでお気遣《きづか》いを……かたじけなく」

遠慮なく城島左内が手にした。

「では、お館さまへ、よしなに」

田村一郎兵衛が、神田館を辞去した。

「久し振りに吉原《よしわら》へでも行くか」

留守居役は幕府や他藩とのつきあいを一手に引き受けている関係上、かなりの金を思いどおりに遣えた。

江戸城の内廓《うちぐるわ》を出たところで、田村一郎兵衛は背中に小さな痛みを感じた。

「なんだ。虫にでも……」

振り向きかけて田村一郎兵衛は動けなくなった。背後からすさまじい殺気が浴びせられた。

「元気そうだな」

冥府防人が小さく笑いながら、田村一郎兵衛の背中に脇差《わきざし》の切先をあてていた。

「お、おまえは……」

田村一郎兵衛が震えた。

一度一橋治済の力を削《そ》ごうとして、手足である冥府防人の命を田村一郎兵衛は狙ったことがあった。もちろん金で雇えるような連中にどうにかされる冥府防人ではない。あっさりと返り討ちにしたうえ、大元である田村一郎兵衛を探りだし、十二分に脅《おど》しあげた。

「なんの話だ。松平定信へ家基さまのことを話したとか言っておったが」

田沼意次の命で家基の命を奪ったのは冥府防人である。田村一郎兵衛の発言は聞き捨てならなかった。

「言わぬ気ならば、それでよい。二度と女の要らぬ身体《からだ》にしてくれよう。男として役にたたぬというのではないぞ。死ねば女など抱けまい」

淡々と冥府防人が言った。

「主備中守が……」

震えながら、田村一郎兵衛が語った。

「そうか。要らぬことを」

言い残して冥府防人の姿が消えた。

「は、は、はあ」

腰から田村一郎兵衛が崩れ落ちた。袴《はかま》が黒く濡れていった。

館へ戻った冥府防人は、治済の居室をうかがった。

「奥か」

御三卿の当主、将軍の実父といったところで、一橋家は藩ではない。治済に政などの用事はなかった。することがなければ、酒を飲むか女を抱くか、男はどちらかに耽《たん》溺《でき》していく。

治済は奥で絹を抱いていた。冥府防人は天井裏から、妹の痴態を感情のこもらない目で見おろした。

「……ふう」

大きく息を吐《は》いて治済が、絹のうえから降りた。

「ご無礼を……」

絹が治済の股間へ手を伸ばして後始末をした。冥府防人は小さく天井板を叩《たた》いた。

「鬼か」

治済が天井へ呼びかけた。

「はっ」

「降りて参れ」

「では、わたくしは外を」

素裸に小袖《こそで》を羽織《はお》っただけで、絹が臥所《ふしど》から出て襖際《ふすまぎわ》へと動き、人の近づくのを見張った。

「御免《ごめん》を」

冥府防人が治済の一間（約一・八メートル）下座へ落ちた。

「聞いたか」

細かいことを言わず、治済が確認した。

「耳にいたしましてございまする」

「要らぬことをしてくれた」

治済が冥府防人と同じことを言った。

「藪蛇《やぶへび》になるだけではないか。白河をつつけば、奥右筆へ話が回る。奥右筆は一度家基の死に疑念を持った。あのときは越中がおさめたゆえ、それ以上手を出してこなかった。しかし、奥右筆は幕政のいっさいを知る立場にある。多忙ゆえ、あちこちへ手を出さぬだけぞ」

「備中守さまも焦《あせ》っておられるのでございましょう。お館さまが将軍となられたあかつきには大老《たいろう》になれると思いこんでおりますれば」

冥府防人が述べた。

「浅はかな奴よな。先祖が江戸城主であったことをいまだに忘れられぬか」

あきれた顔で治済が首を振った。

「しかし、してしまったことはどうしようもない」

「仰《おお》せのとおりでございまする」

「家基の一件、掘りかえされるは面倒な。やるか、奥右筆を」

「ご命令とあれば」

治済の提案に冥府防人が答えた。

「白河の首はどうなっておる」

思いだしたように治済が問うた。

「まだ警固《けいご》に穴がございませぬ」

「さすがよな」

治済が感嘆した。

「いかがいたしましょうや、白河さまを狙いながら奥右筆をとは、さすがに難しゅうございまする」

冥府防人が述べた。

「一人では難しいか。絹を……」

「それはなりませぬ」

途中で冥府防人がさえぎった。

「絹は、お館さま最後の護《まも》り。お側を離れさせるわけには参りませぬ」

「もう大丈夫であろう。一度館が襲われたおかげで、警固がきびしくなった。二度と館のなかまで敵の侵入を許すことはない」

襲撃のあと、幕府は表向きは一橋門警固として神田館へ大番組《おおばんぐみ》を派遣していた。

「忍に来られれば、大番組などなんの役にも立ちませぬ。お館さまの身に万一がありましては、我ら兄妹《きょうだい》生きておられませぬ。なにとぞ、絹はお側《そば》へ」

冥府防人は治済へ迫った。

「わかった。だが、どうする。手が足りぬのであろう」

「一度で仕留めようと思わず、揺さぶりをかけまする。重ねるごとに揺らぎは大きくなって参りまする。揺れが大きくなり、限度をこえたとき、破綻《はたん》が訪れまする」

「なにやら、わからぬが。任せる」

「はっ」

額《ひたい》を畳《たたみ》につけて冥府防人が平伏した。

冥府防人は、白河藩上屋敷へ侵入していた。

「…………」

どこの大名屋敷も基本の造りは同じである。冥府防人は、庭から母屋《おもや》に向かってゆっくりと這《は》うようにして進んだ。

寝ずの番をしている藩士の間を、気配を殺して冥府防人は進んだ。人というのは目に頼る。闇で目が頼りにならなければ、気配を指針とする。その気配を冥府防人は完璧に封じていた。

冥府防人は母屋へとたどり着いた。

「上から見ていたな」

気づかれていることを冥府防人は知っていた。

「それでなにもしてこなかったということは、あいつは後詰めで、白河の側に何人の護りがあると」

冥府防人は読んでいた。

「お庭番。戦ってみたい相手ではあるが、今はまずい」

八代将軍吉宗が紀州から連れてきたお庭番は、泰平に馴《な》れてただの御家人へと成り下がった伊賀組や甲賀組より腕が立った。

床下へ潜った冥府防人は、気配を探りながら、進んだ。

「やはりいたか……」

動きを止めた冥府防人は、懐《ふところ》から手裏剣《しゆりけん》を出した。いつも用いる木の葉型のものではなく、鉄芯の先を尖《とが》らせただけの棒手裏剣であった。

「……しゃ」

小さく息を吐いて冥府防人は手裏剣を投げた。

甲高《かんだか》い音がして手裏剣が弾かれた。

「よし」

冥府防人は身をひるがえし、脱兎《だつと》の如く逃げだした。

「…………」

床下から出た冥府防人へ上から手裏剣が襲った。

「ふん」

冥府防人は蛇行しながら手裏剣を避け、わざと音を立てて庭をかけた。

「く、曲者《くせもの》」

庭を警固していた藩士たちが騒然となった。

「ちっ」

屋根の上から冥府防人を狙っていたお庭番が舌打ちした。

「気配が乱れる。追い切れぬか」

お庭番が攻撃を中止した。

「二人しかおらぬ今、越中守さまの側を離れるわけにはいかぬ。我らの任は、越中守さまのお命を護ること。襲い来た者を殺すことではない」

いつのまにかもう一人のお庭番が床下から屋根の上まであがってきていた。

「それは……」

屋根の上にいたお庭番が、あがってきたお庭番の手に握られている手裏剣を見つけた。

「伊賀の棒手裏剣か」

「うむ。だが、伊賀と断定するのは早計ぞ。馬場先《ばばさき》」

「わかっておる。明楽《あけら》」

二人は顔を見あわせた。

「なれど伊賀者は、隠密《おんみつ》御用を我らお庭番に奪われて、不満を持っているぞ。八代さまの血を引かれる越中守さまを狙うだけの理由はある」

「みょうなやつであったな」

馬場先の話には応じず、明楽が言った。

「床下に入るまでは、見事だったが、そのあとはいただけぬ。居室まで来ることなく、棒手裏剣を撃っただけでなく、成果の確認もせずに逃げだした」

「警固の確認ではないか」

明楽の疑問に馬場先が答えた。

「なるほど。とりあえず越中守さまは無事であった。今の奴は囮《おとり》で、このあとが本番かも知れぬ。油断するな」

音もなく明楽が消えた。

正室を失ってから、奥へ行くことのなくなった松平定信は、書院で書きものをしていた。

「何やつか来たようだな」

冥府防人の侵入に松平定信は気づいていた。

大名ながら、松平定信は起倒流柔術《きとうりゅうじゅうじゅつ》の名手として知られていた。名人といわれた鈴木《すずき》邦教《くにたか》の高弟で、三人衆と讃《たた》えられるほどの腕であった。

「さっそくか」

松平定信が、苦笑した。

「太田備中が家基さまの話をした日に不審者の侵入。あまりに露骨。これでは、気にしろと言っているようなものではないか」

書見台から顔をあげて、松平定信が独りごちた。

「よほど、儂《わし》を動かしたいようだが……今更《いまさら》変えられぬ過去を掘りかえすだけの価値があるのか。うかつに触って上様へことがおよべば、幕府全てが敵になることくらいわかっておろうに」

松平定信が、思案した。

「放置するが最善手であるが、このままでは相手の意図が読めぬ。なにをたくらんでのことなのか、見届けておかぬと後々《のちのち》足を取られることになりかねぬ。ふむ。立花を使うか。あやつは、家基さまが殺されたと気づいておる。あらたに秘密を知る者を増やすよりましだの。なにより、あやつならば襲われて死んだところで、影響はない。儂に波及してくることもない。いや、かえって殺されてくれれば、口封じになるか。縁談を世話してやったところだが……どちらにころんでも、儂に損はないな」

ふたたび松平定信が、書見へと戻った。

白河藩上屋敷を離れた冥府防人は、追ってくる者がいないことに感心していた。

「任をわきまえておる。つい、襲い来た者を仕留めようとあとを追いたくなるものだが……」

冥府防人が陽動であったばあい、警固から離れたところを別働隊に襲われることもあるのだ。経験の浅い者や功を焦る者などが、陥《おちい》りやすい罠《わな》であった。

「やはりお庭番は手強《てごわ》い」

表情を引き締めて、冥府防人がつぶやいた。

三

奥右筆《おくゆうひつ》の仕事は多岐にわたる。

「御坊どのよ。墨を」

「筆洗いの水を替えてくだされ」

「勘定方《かんじょうがた》へ使いに立っていただきたい」

また、奥右筆部屋に配された御殿坊主《ごてんぼうず》も多忙を極めた。

「ふううう」

使いを頼まれて奥右筆部屋を出た御殿坊主が嘆息した。

「身体がいくつあってもたらぬわ」

御殿坊主が愚痴《ぐち》を漏《も》らした。

「お坊主、貴殿は奥右筆部屋に勤めておるのか」

勘定方へ行こうと小走りに入った御殿坊主が呼びかけられて足を止めた。

「さようでございまするが……これは白河さま」

あわてて御殿坊主が膝を突いた。

「よいよい。御用の手間を止めたのは、こちらである」

手を振りながら松平定信が、近づいた。

「これを取らす」

殿中での金代わり、白扇を松平定信が、御殿坊主へ渡した。

「ありがたくちょうだいいたしまする」

白扇は後ほど白河藩の屋敷へ持ちこめば、なにがしかの金となる。余得で生きているにひとしい御殿坊主は、遠慮なく受けとった。

「ちと内密の頼みがある」

松平定信が、声をひそめた。

「何用でもお申しつけくださいませ」

先に金をもらっている御殿坊主は機嫌よく答えた。

「ちと家督のことで相談いたしたきことがあるゆえ、奥右筆組頭の、たしか、立崎《たちさき》どのだったかに……」

「立花さまでございまする」

わざとまちがえた松平定信の名前を御殿坊主が訂正した。

「そうであったか。近ごろ歳のせいか物忘れが出だしての。その御仁《ごじん》へ、御用が終わってからで結構ゆえ、屋敷までご足労いただきたいと、誰にも知られぬように伝えてくれぬか」

言いわけしながら、松平定信が、用件を述べた。

「承知いたしましてございまする。では、御免くださいませ」

引き受けた御殿坊主が、小走りに駆けていった。

御殿坊主はどのような用事であっても、腰をかがめて小走りに行く。普段歩いているのに、万一のことがあったときだけ走っては、かかわりのない者にも異常を知らせてしまう。それを防ぐためであった。

「非常の際、気づかれぬようにか。幕府にとって非常など、もうあるはずもない」

松平定信が、御殿坊主の背中を見送った。

昼すぎ、ようやく寸刻を得た併右衛門は、同役の加藤仁左衛門《かとうにざえもん》と交代で昼食を摂《と》った。

一人、奥右筆に与えられている下部屋で持参した弁当を使っていた併右衛門のもとへ、御殿坊主が寄ってきた。

「立花さま、白河松平越中守さまより、ご伝言でございまする。本日御用の後、上屋敷までご足労願いたいとのことでございました」

御殿坊主が告げた。

「白河侯がか。なにか仰せではなかったか」

箸《はし》を止めて併右衛門が問うた。

「なにやら家督のことで御相談があると」

「家督……そうか」

併右衛門は首肯《しゆこう》した。

奥右筆には、大名旗本の婚姻養子縁組、相続にかかわる専門の者がいた。

「では、これにて」

「ごくろうであった。今度埋め合わせをさせていただく」

「よしなに」

頭をさげて御殿坊主が下部屋の片隅へと下がっていった。

「なにが家督のことだ」

箸を持ち直しながら、併右衛門は小さく吐きすてた。

「家督は家督でも、立花家のことであろうが。ついに押しつけてくるか。松平主馬の息子を」

併右衛門は、息をついた。


いつもより小半刻《こはんとき》（約三〇分）ほど早く、併右衛門は仕事を終わらせた。

「お珍しい」

まだ筆を洗っていない加藤仁左衛門が、驚いた。

「ちと用がござってな」

併右衛門が頭をさげた。

「よろしゅうございまする。あとは、わたくしが引き受けましょうほどに」

「かたじけない」

後事を頼んで、併右衛門は奥右筆部屋を出た。

いつものように桜田門を出た併右衛門は、すでに衛悟が来ていることに驚いた。

「もう来ていたのか」

「お早い」

衛悟も驚愕《きょうがく》していた。

「今日は特別か」

「いえ。少し前に来て、周囲を探っておかねば、なりませぬ。剣の戦いは地の利ときの利を得た者に有利となりまする。地の利だけでもこちらのものとしておかねば、守る側は不利になりますゆえ」

聞かれた衛悟が答えた。

「そうか」

併右衛門が目を細めた。

「では、帰りましょう」

背を向けた衛悟へ、併右衛門が首を振った。

「このあと白河侯の屋敷へ呼ばれておる」

「松平定信さまの。たしか、八丁堀《はっちょうぼり》でございましたな」

衛悟がすぐに場所を口にした。

「うむ。なにやらお話があるらしい。ちと遅くなると思うが、頼めるか」

「承知」

桜田門から八丁堀は堀にそって北へと戻り、大手前で東へ曲がればいい。町奉行所の同心与力の屋敷が建ちならぶなか、ひときわ広壮なものが白河藩上屋敷であった。

「ごめん。門番のお方よ」

暮れ六つにはまだ早いが、主が帰邸してしまえば大門は閉じられる。併右衛門は潜《くぐ》り戸《ど》を叩《たた》いた。

「誰じゃ」

「奥右筆組頭立花併右衛門でござる。越中守さまからのお呼び出しを受けて参った」

「しばしお待ちくだされ」

名のりを聞いた門番があわてた。

「すぐに開けますゆえ」

ゆっくりと大門がきしみながら開いた。

「主よりうかがっておりまする。どうぞ」

なかで藩士が出迎えた。

「お供の方はこちらで」

衛悟は門脇の小部屋で待つように指示された。

「立花さまは、奥にて主がお待ち申しあげておりまする」

案内の藩士にうながされて併右衛門は玄関から屋敷へとあがった。

「…………」

併右衛門は口のなかでつぶやいた。

「儂を取りこんだと見せつけるつもりか」

かつてない扱いに、併右衛門は緊張していた。今までは、城中で通りすがりに出会った体《てい》を取り、雑談と見せかけて会話するのが常であった。屋敷へと招かれることなど考えてもいなかった。

「お連れいたしました」

かなり歩いてようやく藩士が止まった。

「うむ。お入りいただけ」

なかから松平定信が、応えた。

「ごめんくださいませ」

藩士がゆっくりと襖を開けた。

「奥右筆組頭立花併右衛門でございまする」

併右衛門は部屋に入らず、廊下で手を突いた。

「堅苦しい挨拶は、不要でござる。どうぞ、こちらへ」

同格な者への対応で松平定信が、用意させてあった敷物を示した。

「ご無礼つかまつる」

それ以上遠慮せず、併右衛門は敷物の上へ腰をおろした。

「膳の用意をいたせ」

「おかまいくださいませぬように」

さすがに併右衛門は断った。

「さしたるものを出すわけではござらぬ。余と同じものでござる」

首を振りながら、目で松平定信が藩士へ命じた。

「さっそくでございまするが、お話をお聞かせいただきたい」

併右衛門はうながした。

「急《せ》くな」

藩士が居なくなると、松平定信の口調が変わった。

「立花、最近太田備中守と話をしたか」

「本日も御用のことでお話をいたしましたが」

奥右筆組頭は、書付全般に目を光らせるだけではなく、内容に踏みこむことも許されていた。膨大な過去の書付から前例を探しだし、照らしあわせるのも奥右筆の任である。新しく令を発するには、奥右筆の知識が不可欠であった。

「そうではない。御用以外のことでだ」

「……ございませぬ」

会話の内容を思いだしてから、併右衛門は否定した。

「そうか。余にはあった」

松平定信が語った。

「それは……」

併右衛門は絶句した。

かつて田沼意知刃傷《にんじょう》の一件にかかわった併右衛門は、その奥にあるものが嫡男を殺された家治の復讐だと知った。と同時に家基が毒殺されたことにも気づいてしまっていた。

「今ごろなぜ備中が、余にそのようなことを伝えたのか、そこがわからぬ」

「さようでございまするな」

併右衛門も悩んだ。

「とにかく、余に手出しをさせたいと考えたのだろうが……」

わからぬと松平定信が、首をかしげた。

「で、拙者《せっしゃ》になにを」

わかっていながら併右衛門は問うた。

「それを訊くか」

声を低くして松平定信が、併右衛門を睨《にら》んだ。

「はっきり仰せをいただかねば……」

役人というのは、上からの指示がないと動かなかった。これは、なにかあったとき、責任を転嫁するためである。併右衛門は役人根性をあらわにして見せた。

「家基さまの死について、あらためて調べよ。報告は余のみへいたせ。たとえ、我が藩の家臣であろうとも、伝言あるいは書付などを託してはならぬ」

「承知いたしましてございまする」

併右衛門は受けた。

「ところで、立花。聞けば、なにやら娘に縁談がおこっておるそうじゃの」

白々とした顔で松平定信が、述べた。

「はて、わたくしのもとにはなにも来ておりませぬが。家の娘婿《むすめむこ》にとのお話ならば、いくつもいただいておりまするが、まだ正式なものは皆無でございまする。白河さまには、どなたさまより、お聞きになられましたのでございましょう」

首をかしげて併右衛門がとぼけた。

「そうか。そうだの。奥右筆組頭の一人娘じゃ。縁談は降るようにあって当然だの。いやいや、つい心やすげに噂を口にした。許せ」

松平定信が、詫《わ》びた。

「いえいえ。お気になさらず。では、ご用件も終わったようでございますゆえ、これにて」

「待て、夕餉《ゆうげ》を食べていけ」

「そこまで甘えては……それに供の者も待たせておりまするし」

併右衛門が衛悟のことを告げた。

「安心いたせ。供の者にも膳は出させた」

外堀は埋めたと松平定信が笑った。

衛悟は供待《ともま》ち部屋で、白河藩士に相伴《しょうばん》されながら夕餉を食していた。

「貴殿は、かなり剣をお遣《つか》いになられるのか」

横島《よこしま》と名のった壮年の白河藩士が問うた。

「遣うと言うほどではございませぬ。持ち方を習ったていどで」

謙遜《けんそん》しながら衛悟は、相手の力量をはかった。

「横島どのこそ、かなり修行をつまれたと拝見つかまつる」

衛悟は返した。見ただけでわかるほど横島の身体つきは立派なものであった。

「何流をお学びになられましたか。拙者は微塵流《みじんりゅう》を少々」

酒を衛悟に勧めながら、横島が言った。微塵流は根岸兎角《ねぎしとかく》を祖とする古流の一つである。太刀撃ちだけでなく、拳《こぶし》、手裏剣なども遣った。

「涼天覚清流を」

「それは珍しい流派を。たしか堀口貞勝どのが始められた」

聞いてすぐに横島が応えた。

「よくご存じでございまするな」

涼天覚清流は無名といっていい流派である。知っているというだけで、衛悟は感心してしまった。

「剣を学ぶ者としては当然のことでございまする」

横島が謙遜した。

その後も食事をしながら、二人は剣の話題で盛りあがった。

「お供の方」

半刻（約一時間）ほどして、声がかかった。

「奥右筆組頭どのがお帰りになられまする」

「お知らせ感謝いたしまする。いかい、お世話になりました」

すぐに衛悟は立ちあがった。

「今少しお話をお伺いいたしたかったのでございまするが、またのおりに」

横島が残念そうに言った。

「いや、こちらこそ。かたじけのうございました」

衛悟もていねいに礼を述べた。

「玄関にて」

案内に立ったのは別の藩士であった。

待つこと少しで、併右衛門が現れた。

「任せたぞ」

併右衛門の見送りに来た初老の武家が、衛悟に気づいた。

「おぬしが、柊か」

「はっ」

問われて衛悟は首肯した。

「越中守である。永井玄蕃頭が世話になったようだな。余からも礼を言うぞ」

「……白河侯さま」

あわてて衛悟は平伏した。

「よいよい。今宵《こよい》は余が招いたのだ。これからも立花のこと、よろしく頼んだぞ」

松平定信が、親しげに告げた。

「ありがたいお言葉」

衛悟は一層《いっそう》深く頭をさげた。松平定信は将軍の血筋である。厄介叔父《やっかいおじ》に過ぎない衛悟が会うどころか、見ることさえできないほどの雲上人であった。その松平定信が、名前を覚えていてくれた。衛悟が感動するのも当然であった。

「では。これにて御免を。行くぞ、衛悟」

併右衛門が急かした。

屋敷を出たところで、併右衛門が衛悟を叱《しか》った。

「うつけのような、顔をするな」

「なんのことでございましょう」

「越中守さまに声をかけられて、舞いあがっておっただろう」

併右衛門が冷たい目で見た。

「そのようなことは決して……」

衛悟は首を振った。

「たわけが。あれも手なのだ。上に立つものが、己と同じところまで降りてきてくれた。そう思わせたら、成功なのだ。格下の者は、一度感動させると、あとはなにも考えずについて行くからな」

「………………」

納得いかない衛悟は無言になった。

「そなたくらいの年齢ならば、致しかたないことなのだろうが、気をつけろ」

「……はい」

不承不承衛悟はうなずいた。

「そうだぞ。老人の忠告には従うべきだ」

不意に背後から声がした。

「なにっ」

衛悟はあわてて振り向いた。

「元気そうだの」

五間（約九メートル）先に冥府防人が立っていた。

「きさまは……」

すばやく衛悟は草履《ぞうり》を脱ぎ捨てて、柄《つか》に手をかけた。

「やるか」

おもしろそうに、冥府防人が太刀を抜いた。

「離れて」

衛悟は、後ろ手に併右衛門を下がらせた。

「研鑽《けんさん》を積んだか」

冥府防人が太刀を青眼に構えた。

「きさまこそ、姿を見せるとは、観念したか」

鯉口《こいぐち》を切りながら、衛悟は言い返した。

「ふふふ。戯《ざ》れ口《ぐち》を返せるようになったとは、成長したな」

楽しそうな笑いを冥府防人が浮かべた。

「どれ、見せてもらおうか」

冥府防人の姿が消えた。

「上……」

衛悟は目で追うことなく太刀を抜き打ちに斬りあげた。

甲高い音がして刃と刃がかみ合い、火花を散らして離れた。

「ほう」

三間（約五・四メートル）離れたところへ降りたった冥府防人が感嘆した。

「気配で見つけたか。少しはやるようになったな。しかし、太刀行きが遅い。空中にいる敵は姿勢を変えられないのだぞ。受けさせることなく、一刀で斬らねばならぬ」

「なんだと」

師のように教える冥府防人へ、衛悟は怒りを見せた。

「剣とはこうやって振るうものだ」

冥府防人が走った。

「疾《はや》い」

とっさに衛悟は太刀をまっすぐに立てた。

「ふっ」

抜くような気合いがして、衛悟の太刀が激しく叩かれた。

「おう」

衛悟は逆らわず、勢いに乗る形で身体を倒した。すばやく転がって体勢を立てなおす。

「そうでなくてはな。逃げなければ、二の太刀で胴を存分に斬ってやったわ」

うれしそうに冥府防人が笑った。

「少しはもつようになったではないか。まだまだだがな。来たか」

冥府防人が、背後の闇を見つめた。

「おぬしの相手が参ったようだ。白河と奥右筆がついに組んだと御前には伝えておく。次に会うときは、今日よりも進歩していてくれよ。でなくば、殺す」

現れたとき同様、冥府防人は不意に消えた。

「衛悟……」

「動かれるな」

近づこうとした併右衛門を、衛悟は制した。

「足音が聞こえまする。数人駆けて来るようでござる」

衛悟は太刀を青眼に構えた。

星明かりになれた目がようやく三人の姿を捉えた。袴《はかま》の股立《ももだ》ちを取り、左手は太刀の鯉口《こいぐち》に添えられている。臨戦態勢だと一目でわかった。

「なにやつだ。奥右筆組頭立花併右衛門と知ってのことか」

一応の誰何《すいか》を衛悟はした。

「………」

返答の代わりに、三人が衛悟を囲むような形で散開し、太刀を抜いた。

「問答無用は嫌いでないが……礼儀というのも必要だぞ」

衛悟は太刀を上段へと変えた。

「ふうむ」

離れていた併右衛門の肩から力が抜けた。先ほどの冥府防人に比して三人の圧迫は、はるかに小さかった。

「相手になるまいな」

剣術を知らない併右衛門でも、衛悟との腕の差が見えるほど実力に違いがあった。

「…………」

正面の侍が、大きく踏みこんで間合いを詰めてきた。

「ふん」

衛悟は応じなかった。下がっても前に出ても、左右の侍が斬りかかってくると衛悟は読んだ。

「ちっ」

動じない衛悟に踏みこんだ侍が舌打ちした。

「……しゃ」

一拍はずした衛悟が、前へ踏みだした侍へ襲いかかった。

「えっ」

出たときに衛悟が反応しなかったことで緊張の糸を緩めてしまった侍は、応じることができなかった。あわてて下がりながら太刀で受けようとしたが、受けきれなかった。衛悟の一撃は、真っ向から侍の頭を叩いた。

「ぎゃっ」

斬るのではなく叩く。日本刀は鉄のかたまりである。頭が割れ、白目を剝《む》いて侍が倒れた。囲まれている状況である。刃が食いこんで抜けなくなることを衛悟は避けた。

「こやつ」

「おのれ。卑怯《ひきよう》な」

残った二人が憤怒《ふんぬ》した。

「いきなり斬りかかってきたのはそちらではないか」

併右衛門があきれた。

「だまれ」

一人が併右衛門へ切っ先を向けて脅した。

「馬鹿が。対峙《たいじ》している最中に切っ先をずらすやつがいるか」

併右衛門が笑った。

「あっ……」

気づいた侍が太刀を戻そうとしたとき、踏みこんでいた衛悟の一刀が、肩口を斬った。

「ひゃああ」

甲高い悲鳴をあげて、侍が転がった。右腕が肩口で半分割られてぶら下がった。

「緒方《おがた》」

最後の一人が声をあげた。

「名無しではなかったか」

ゆっくりと併右衛門が近づいた。

「く、来るな」

最後の一人は、衛悟と併右衛門へ気を配らざるを得なくなった。太刀の切っ先が不安定になった。

「誰に頼まれたか言えば、見逃してくれるぞ」

併右衛門が問うた。

「…………」

口を閉じて侍が無言となった。

「そうか。早めに手当てしてやれば、緒方だったかは、助かるぞ」

間合いに踏みこむ寸前で足を止めた併右衛門が、うめいている緒方を指さした。

「うむう」

侍がうなった。

「どこぞの家中には見えぬが」

三人の身形《みなり》はこぎれいではあったが、月代《さかやき》に剃《そ》り残しなどが見られ、藩士とは思えなかった。武家は病中あるいは、隠居してからでなければ、髭《ひげ》をはやしたり月代を剃らないでおくことを禁じられていた。

「浪々の身か」

併右衛門が確認した。

「金で雇われたのであろう。命を張るだけの金額をもらったならば別だが……」

「……わああ」

問い詰められた侍が、太刀を大きく左右に振って併右衛門を威嚇《いかく》した。

「なんだ」

突然のことに驚いた併右衛門が尻餅《しりもち》をついた。

「ああああああ」

叫びながら、侍が併右衛門の横を走って逃げていった。

「立花どの」

反対側にいた衛悟は対応できなかった。

「大丈夫だ。いや、驚いた。届かぬとわかっていても白刃というのはおそろしいな」

併右衛門が立ちあがった。

「どういたしましょうや」

最初の侍は死んでいた。残っているのは右肩を断たれた緒方であった。

「放っておけ。逃げたあいつが戻ってくるやも知れぬし、どうせ、こいつらに依頼した者が見ておろう。そちらでどうにかするだろう」

踵《きびす》を返して併右衛門が歩きはじめた。

四

倒れている緒方を大きく迂回《うかい》して、衛悟は併右衛門の後ろについた。

「しばし」

そう言って衛悟は懐から鹿皮を取りだした。こすりつけるようにして刀身を拭《ぬぐ》っていく。血脂を残せば、太刀が錆《さ》びて使いものにならなくなる。完全に取り除くには研《と》ぎに出さなければ無理であったが、とりあえず鞘《さや》へ納められるていどにしなければならない。

「越中守さまだな」

つぶやくように併右衛門が漏らした。

「な、なんと言われましてござる」

衛悟は拭《ふ》いている手を思わず止めた。

「考えてもみよ。我らが今ここにいることを知っているのは、越中守さまだけ」

「冥府防人も出て参りましたが……」

「あやつは、越中守さまを見張っておるのだろう。御前と呼ばれるお方の手先だからな」

「御前……」

言われて衛悟も思いだした。品川の寮で出会った絹の顔と冷酷な声が鮮やかによみがえった。

「御前と越中守さまは敵対している。これはたしかだ」

併右衛門は確信していた。御前という人物から身を護るため、併右衛門は局外中立であるべき奥右筆組頭の慣例を破って、松平定信のもとへ近づいたのだ。

「ならば、敵の動きを探るため、隠密を出してもおかしくはあるまい」

「それはわかりましたが、でも越中守さまが、わたくしたちの命を狙う理由など……」

「命を狙うだと。あれは警告じゃ」

吐きすてるように併右衛門が言った。

「越中守さまは、衛悟、そなたの剣の腕前を知っておるのだぞ。あのていどの輩《やから》が束になったところでどうにもならぬことくらい、先刻ご承知じゃ」

併右衛門が断じた。

「……そう言われてみれば」

衛悟は、越中守が永井玄蕃頭《げんばのかみ》の名前を出したことを覚えていた。

「この者どもは、捨て石」

「であろう。藩士を使い捨てにするわけにはいくまい。金で雇われた浪人者にちょうどの役目じゃ」

「人の命を……」

「それが政というものだ。幕府という大の虫を生かさねばならぬ。それが執政の役目じゃからな。民のために見えるような令も法も、突き詰めていけば、幕府の利につながる。一揆《いっき》を起こされるくらいならば、少し飴《あめ》をなめさせておこう。締めるところは締め、緩めるときはほんの少し緩める。張りきった糸は簡単に切れるが、たわんでいればかなり保つ。このたわめ具合をいかにうまく取るかが、政の妙。名宰相と呼ばれた人々は、皆、ここを心得ておった」

「越中守さまも」

「いや、あのお方は名宰相ではない。たしかに田沼どののせいで乱れきっていた幕政を建てなおされた手腕はお見事であるが、やりすぎたのだ。弛《ゆる》みきった糸を必死で張り直した。張り詰めた糸には、かなりの負担がかかる。そこを越中守さまは見すごした。いや、知ってて見ない振りをしていた。そこまで状況が悪かったのだろうが、焦りすぎよ。なにも数年でもとへ戻す必要などなかったのだ。もっとときをかけて糸をゆっくり張っていけば、受けたとしても田沼残党の恨みだけですみ、いまだ越中守さまは、筆頭老中でおられたであろう。きびしすぎたのだ、越中守さまは。妥協というものをなされない」

「では、これも」

「うむ。今宵儂は越中守さまより、大きな依頼を受けた。内容については、そなたにも話せぬ。いや、信頼していないからではないぞ。そなたと柊の家を巻きこみたくないからじゃ」

「ご懸念なく。承知いたしておりまする」

併右衛門の懸念を衛悟は否定した。

長い戦いで二人の間には太い絆ができていた。

「助かる」

小さく併右衛門が頭をさげた。

「うかつにしゃべることもできぬほどのことだ。かかわったというだけで、家が潰されてしまうほどのな。誰でも二の足を踏む。はっきり申して、儂も触りたくはない。一応受けては来たが、自ら動きまわる気はなかった」

「それで、こいつらを」

衛悟が倒れている浪人たちを見た。

「そうだ。これは、従わねば、次は相応の輩《やから》を出すとの警告じゃ」

苦々しい表情を併右衛門は浮かべた。

「では……瑞紀どのも」

「おおっ。急ぐぞ、瑞紀のことが気がかりじゃ」

言われた併右衛門の顔色が変わった。

「はい」

二人は足を早めた。

併右衛門と衛悟が江戸の夜へ消えたあと、倒れている侍二人の前に人影が湧いた。

「もう少し形になるかと思ったが」

月明かりに照らされた顔は、さきほど衛悟の接待をした横島であった。

「柊の腕を見る意味もあったが、実力を出す前に終わってしまってはな」

倒れている侍の傷を横島があらためた。

「斬らずに叩いているか。頭の鉢は丸い。少し角度をまちがえれば、刃先が滑って致命傷とならない。叩けば衝撃は骨のなかへととおり、脳を壊す。とっさの判断であろうが、的確だな」

横島は、緒方へと移った。

「まだ生きているか。丈夫な」

小柄《こづか》を鞘から外した横島が、大量の血を失って意識朦朧《もうろう》としている緒方の首へ突き刺した。

「悪く思うな」

　小柄を刺したまま、横島が緒方の傷を調べた。

「見事に水平だ。しかも関節の隙間《すきま》に刃《やいば》が入っている。やはりかなり遣うな、柊は」

　横島が緒方の胸を触った。

「死んだか」

　首から小柄を抜いた。すでに心臓は止まっていた。傷口から血が流れたが、噴き出るほどではなく、横島の身体に飛ぶことはなかった。

「残る一人も始末しておかねばならぬな」

　横島が、ゆっくりと歩きはじめた。

「やれやれ、後生《ごしょう》の悪いことをしてのけるの」

　横島が去ったあと、暗闇から願人《がんにん》坊主の覚蟬《かくぜん》が現れた。

「御次男どのを見張っておれば、おもしろいことに出会いますな。しかし、越中守どのもむごいことをなさる。南無阿弥陀仏《なむあみだぶつ》」

　覚蟬が死者へ手を合わせた。

「越中守どのと立花氏のお話についてはわかりませぬが、こうあっさり殺生《せっしょう》をしてくれるだけのものなのでございましょうな」

合掌していた手をほどいて覚蟬がつぶやいた。

「どれ、ちと探らせていただきますぞ」

覚蟬が倒れている二人の懐を探った。

「紙入れだけでござるか……二両ずつ。安い。人の命を奪うにせよ、生《い》け贄《にえ》とするにせよ、二両はあまりに……三途の川を渡るには十分ではござるが」

二人の懐へ、覚蟬は金を戻した。

「ほかにはなにもない。よほどしっかりと指示したのでございましょうな。身元の知れるようなものをもっていくなと。やれやれ、最初から死なせるつもりでござったか。後生に悪い」

覚蟬が嘆息した
「どうやら、御次男どのから目が離せなくなったようじゃ。お山へ戻って、人を手配せねばなるまい。拙僧一人では手が足りぬの」

言いながらも覚蟬の表情は暗かった。

「なれど……法親王《ほっしんのう》さまに暗き闇をお見せせねばならぬのが辛い」

覚蟬が唇《くちびる》を噛《か》んだ。

東叡山寛永寺《とうえいざんかんえいじ》は三代将軍徳川家光が天海大僧正《てんかいだいそうじょう》の願いを受けて寛永《かんえい》二年（一六二五）に建立した天台宗《てんだいしゅう》の寺院である。三十万坪をこえる敷地、一万余石の寺領を誇り、子院は三十六におよぶ大伽藍《だいがらん》であった。

天海、公海《こうかい》の二代の後、朝廷から法親王を迎え、代々の貫首としてきた。今の公澄《こうちょう》法親王は、伏見宮《ふしみのみや》十八代邦頼《くにより》親王の次男として生まれ、第十二代貫首として関東へ下野してきていた。

寛永寺の山門は暮れ六つに閉じられた。しかし、いくつもある参道には、門のないところもあった。覚蟬はその一つから山内にはいると、本坊へと向かった。

小汚い願人坊主姿の覚蟬だったが、誰からも咎《とが》められることなく、本坊奥まで到達した。

「法親王さま」

公澄法親王の寝室の襖外から、覚蟬は声をかけた。

「覚蟬か。入れ」

なかからすぐに返答があった。

「ごめんなされませ」

静かに襖を開けて覚蟬が寝室へ入った。

「まだ御寝《おやすみ》なされておられませなんだか」

夜具のうえに端座している公澄法親王を見て、覚蟬が驚いた。

「皆に苦労をかけておるのに、予《それがし》のみが、一人安楽にするわけには参らぬ。せめて深更までは、横にならず、報告があればすぐに聞けるよういたしておる」

「法親王さま……」

感激した覚蟬は平伏した。

「顔をあげよ。予の自己満足に過ぎぬことだ」

公澄法親王が、手で覚蟬を制した。

「なにかあったのか」

「……はっ」

覚蟬は首肯した。

「松平越中守が奥右筆組頭を呼びだした。そのあと、わざと襲わせたか」

聞き終わった公澄法親王が、苦い顔をした。

「武家というのは、どうしてこう人の命を粗末に扱うのか」

「それが武家の根本ゆえでございましょう。人を殺して名をあげ、家を為す。源平の争いから、何百年と続けて参ったのでございまする。二百年ほどの泰平では、とても撓《たわ》めることなどできませぬ」

公澄法親王の怒りに覚蟬が応えた。

「我ら朝廷は、その武家に抑えられてしまっておる。今上《きんじょう》がお子を儲《もう》けられても、新たな宮家さえ作ることができぬ」

温厚な公澄法親王が、憤《いきどお》った。

「法親王さま、なればこそ、我らも力を持つべきなのでございまする。かつて深く仏道に帰依《きえ》した聖武《しょうむ》天皇さまは殺生を嫌い、朝廷が武を直接もつことを止められました。それ以来武は朝廷の外となってしまったのでございまする」

「千年昔に原因があったというか」

「いえ。朝廷窮迫の原因は、武家どもが崇敬の念を失ったからでございまする」

「なぜ、崇敬の念を失ったのか」

公澄法親王が問うた。

「朝廷が力を忌《い》んだからで。もともと天皇家は、神武東征を端緒《たんしょ》とし、武をもってこの国を平定なされました」

「うむ」

「やがて朝廷は、北の蝦夷《えみし》、南の熊襲《くまそ》まで平らげ、津々浦々までその威光は届き、逆らう者も居なくなりました。乱おさまって戈仕舞《ほこしま》われるのたとえどおり、戦《いくさ》がなくなれば武は不要となり、代わって文が台頭して参りまする」

「戦がなくなるのだ。よいことではないか」

「さようでございまする」

覚蟬が公澄法親王に同意した。

「しかし、人というのは度し難い者でございまする。戦の世は、明日のことを考えるだけの余裕がございませぬ。どうにかして今日を生きねばならぬのでございますから。対して泰平は人を豊かにし、明日の心配をしなくてすむようになりまする。生きていけるだけの米があれば良かった乱世から、他人よりもよい生活をしたいと思うようになるので。そこに欲が生まれまする。その欲がやがて隣人を襲い、その財物を奪い取りまする。こうして泰平は崩れ、ふたたび乱世となるのでございまする」

「たしかに、歴史が証明しておるな、それを」

公澄法親王が首肯した。

「ふたたび乱世となったとき、朝廷は泰平に馴《な》れ、戦をするだけの気概を失ってしまっておりました。仕舞いこまれた戈は古くなり錆びつく。とてもかつてのように武で抑えつけるだけの力などありませぬ」

「鎌倉幕府か」

「はい。武には武でしか勝てませぬ。こうして朝廷は、武家によって抑えつけられる羽目になったのでございまする」

「…………」

熱をこめて語る覚蟬の話を、公澄法親王は無言で聞いた。

「朝廷も武をもたねばならぬのでございまする」

覚蟬が続けた。

「幕府をうわまわるとまでは申しませぬ。十万石の大名に匹敵するだけの兵を抱えれば、かならず朝廷はふたたび天下を取り返すことができましょう。朝廷に京を護るだけの力があるとなれば、西国の大名どもはなだれをうって、主上のもとへ馳《は》せ参じましょうほどに」

「関ヶ原の戦を再現するつもりか。多くの人が死ぬことになる」

「やむをえませぬ」

「それは違う」

公澄法親王が首を振った。

「力を失い実権を幕府に奪われた朝廷が、庶民の崇敬を受け続けているのはなぜなのかを考えよ。それはただ一つ。朝廷は人の命を奪わぬことだ」

「しかし……」

「わかっておる。予の言っていることが実でないことなどな」

反駁《はんばく》しようとした覚蟬を、公澄法親王が抑えた。

「ただ、今上のお手だけは、血塗られてはならぬのだ。そのためには、予の命や、後生などどうでもよい」

公澄法親王が、覚蟬を見た。

「お山衆《やましゅう》を動かすのであろう」

「…………」

はっと覚蟬が息を呑んだ。

「肚《はら》を決めた顔をしておるぞ、覚蟬」

「おそれいりまする」

覚蟬が頭をさげた。

「思い残すこともなきわたくしめでございまする。すべては、わたくしが背負って、地獄へ参りますほどに、法親王さまには……」

「許さぬ」

きびしい声で公澄法親王が覚蝉を叱った。

「この東叡山にかかわるすべての責は、予にある。お山衆に死ねと命じることができるのも、予のみ」

「法親王さま……」

覚蝉が顔をあげた。

「朝廷をよみがえらせるためには、人身御供《ひとみごくう》も要るだろう。それには朝廷の血を引く者が一人はいなければなるまい。手を汚さず実りだけを手にしたいなど、死んでいった者が許さぬ。人の恨みは深い。なにより、そなただけを地獄に行かすわけにもいくまい。なに、そなたと二人ならば、閻魔《えんま》大王に問答をしかけて負けることはあるまい」

「なんというお覚悟。覚蝉。かならずやお供を……」

「頼んだぞ。地獄にはまだ行ったことがない。行き先不安じゃでな。一人では心許《こころもと》ない。ただ、ことをなさずしては死ねぬ」

「ははっ」

感極まった覚蝉が涙ながらに平伏した。

第三章　世子の死

一

前例を調べることも任である奥右筆組頭《おくゆうひっくみがしら》は、幕政にかかわったすべての書付《かきつけ》を閲覧することができた。

「ちと、調べものをいたして参りますゆえ」

同役の加藤仁左衛門へ断って、併右衛門は階段を上がった。

奥右筆部屋の二階には幕初からの書付が年代ごとに整備され、保存されていた。

「家基さまが亡くなられたのは、安永《あんえい》八年（一七七九）二月二十四日だったはず」

記憶力も奥右筆に求められる能力である。併右衛門は一度かかわった事柄の詳細を忘れていなかった。

すでに西の丸へ移り、十一代将軍としての体制を整えていた家基は、品川へ鷹狩りに出て発病、三日後にこの世を去った。

「麻疹《ましん》にもお耐えあそばしたものを」

併右衛門は嘆息した。

麻疹は、死に至ることもある重病であり、成長してからの発病は、命取りになりかねなかった。

安永五年（一七七六）、成長してから麻疹に罹患《りかん》した家基だったが、意外と症状は軽く、顔にあばたが残るていどですんでいた。

「徳川諸家系譜に真相はまったく書かれていない」

松平定信の命で編纂《へんさん》された徳川諸家系譜は、将軍家の血を引いた者すべての経歴を記していた。

徳川家基の項目はさして多くなく、父家治が五段、祖父吉宗が六段あるのに対し、わずか二段しかなかった。

「八年二月二十四日死亡、三月十九日出棺。寛永寺円頓院《かんえいじえんとんいん》へ葬るか」

併右衛門は、愛息を失った家治の悲哀を、たった一行の記録から読み取った。円頓院は寛永寺の本坊であり、今までは将軍のみの墓所とされてきた。将軍宣下《せんげ》を受ける前に死去した子息は、寛永寺でも円頓院以外か、小石川《こいしかわ》の伝通院《でんずういん》などへ葬られるのが、慣例であった。十代将軍家治は、家基を円頓院へ葬ることで、十一代将軍としての格式を与えたのであった。そして家治は、死後息子の眠る東叡山《とうえいざん》寛永寺円頓院に埋葬された。

「五代将軍の嫡男徳松《とくまつ》さまと同じか」

奥右筆組頭として、歴代の将軍とその血族にかかわることは、併右衛門の頭のなかに入っている。五代将軍綱吉も、唯一血を引いた息子を死後、増上寺《ぞうじょうじ》へ葬っていた。増上寺も寛永寺と並ぶ徳川の菩提寺《ぼだいじ》である。もっとも、綱吉は死後寛永寺の円頓院に埋葬され、吾《わ》が子とともに眠ってはいなかった。

「家治さまが、どれほど家基さまに強いご期待を寄せられていたかもわかるな」

系譜にすべて記載されているわけではないが、書かれていることだけでも、どれほど家治が家基をかわいがっていたか読み取れた。

「蟇目《ひきめ》が酒井雅楽頭《さかいうたのかみ》さま、御箆刀役《ごへいとうやく》松平下総守《しもうさのかみ》さま、御矢取《おやと》り酒井備前守《さかいびぜんのかみ》さま。さらに元服の折の烏帽子《えぼし》親《おや》が井伊掃部頭《かもんのかみ》さまで髪切りが松平肥後守さま。よくぞ、そろえたものだ」

併右衛門が感心した。

「そのうえ、元服と同時に従二位大納言へ任官、なんと死後には正二位内大臣が追贈された。これは、神君家康さまが征夷大将軍となられるまえの位階」

系譜を紐《ひもと》解けば紐解くほど、家基に対する家治の期待が見えた。

「家基さまと二月遅れただけで生まれた貞次郎君が、わずか三ヵ月で早世されたというのもあるだろうが……いや、お血筋一同ともに亡くなられ、唯一残ったお子さまであったからか」

大きく併右衛門が嘆息した。

「しかし、それにしては記載が少ない。とくに死のあたりが」

諸家系譜に書かれているのは、わずかに二行、死んだ年月日と年齢、そして葬儀の日、これだけであった。

「奥医師の日記があったはず」

将軍の世子の病である、江戸中の医師が動員されたと言っても過言ではなかった。併右衛門はかつて家基の臨終に立ちあった医師の記録を見ていた。

「あった」

一枚の書付を併右衛門は引っ張り出した。

「巻き狩りの終わり、寺にてお茶を飲まれた家基さまは、突然の嘔吐《おうと》で中食《ちゅうじき》に召しあがられたもののいっさいを戻され、そのあと高熱を発せられました。お帰りの御駕籠《おかご》のなかでは、譫言《うわごと》のように寒いと喉《のど》が渇いたをくりかえされ、ご帰城後すぐに意識喪失、細かい痙攣《けいれん》をおこされた。一時回復の兆しあるも三日後、激しかった脈が弱く、呼吸も糸のように細くなられてお亡くなりになられた」

併右衛門が診療録を読みあげた。

「問題は、ここだ。診療録の最後に付け足された一行……家基さま、お亡くなりになられる前より、御逸物《おいちもつ》が天を突いておられたよし。これは斑猫《はんみょう》の毒独特の症状」

医師も疑いを持っていたことが記されていた。

「しかし、よくこれが残っていたな」

将軍世子に毒を飼《か》ったと書いてあるのも同然である。普通ならば書付は廃棄、奥医師は罷免《ひめん》となっている。

「誰かが残したと考えるべきだな」

併右衛門は沈思した。

「家基さまが亡くなった安永八年に老中だったのは、筆頭の田沼主殿頭《とのものかみ》意次、板倉佐渡守《いたくらさどのかみ》勝清《かつきよ》、松平周防守《すおうのかみ》康福《やすよし》、松平右京太夫《うきょうだいぶ》輝高《てるたか》の四人」

一人というのもあって、併右衛門は老中たちに敬称をつけなかった。

「このなかで、板倉佐渡守が明和《めいわ》四年（一七六七）より家基さま付きとして西の丸老中へと転出している。辞任は家基さまが亡くなられた翌年の安永九年（一七八〇）。板倉佐渡守あたりか」

併右衛門は独りごちた。

「しかし、安永八年と言えば、田沼主殿頭の威勢並ぶ者がないころだ。いかに家基さま付きであったとはいえ、このように危ないまねができようか」

腕を組んで併右衛門はうなった。

「この一枚の書付は、いわば家基さまを亡き者とした連中たちにとって、命取りになりかねぬもの。それが奥右筆の書庫にある。特別隠されもせずにだ」

奥右筆の部屋は、老中といえども入ることは許されていなかった。これは、老中たちの専横に憤《いきどお》った五代将軍綱吉《つなよし》が、将軍直属の文官として奥右筆を設けたときからの不文律であった。

「ここほど安全なところはないが……」

言いながら併右衛門は、診療録を書き写した。

「そのあたりのことも加味して動かねばなるまい」

診療録をもとの場所に戻して、併右衛門は書庫をあとにした。

職務を終えて屋敷へ戻った併右衛門は、衛悟を留めた。

「夕餉《ゆうげ》を食べていけ。柊どのには、こちらから使いを出す」

「……馳走《ちそう》になりまする」

衛悟も併右衛門の意図を汲《く》んだ。

「それは大変でございまする。すぐにご飯を炊《た》かねば……」

聞いていた瑞紀が、あわてて台所へと駆けこんでいった。

「ひさしぶりにはしゃいでおるわ」

併右衛門が笑った。

「入れ」

居間を兼ねる書院へ衛悟はうながされて腰を落とした。

「なにかございましたので」

衛悟が問うた。

「うむ。これを見よ。知らさずにすませたかったが、それでは対応に無理が出かねぬ。先日、枠の外にすると言ったばかりで申しわけもないが、助けてくれよ」

懐《ふところ》からさきほどの書付を併右衛門が出した。当初は衛悟に報《しら》せないつもりであったが、併右衛門は一人で背負うには重すぎると感じ、唯一信頼できる衛悟を巻きこむことにした。

「拝見……これは……」

読んだ衛悟が絶句した。

「うむ。家基さま、死の真相よ。家基さまは、斑猫の毒をどこかで飲まされて、お亡くなりになった」

「将軍世子を殺すなど、そのようなことがあっては……」

「声が大きいぞ。衛悟」

併右衛門が叱《しか》った。

「申しわけございませぬ」

衛悟は詫《わ》びた。

「このようなものがありながら、なぜ、家基さまの死の真相は公表されておらぬのでございましょう」

当然の疑問であった。

「公表してはまずいことがあるのだろう」

「まずいこと……将軍世子の死よりもでございますか」

驚いて衛悟が身を乗りだした。

「うむ。十代将軍家治さまは、政《まつりごと》に興味をもたれなかったとはいえ、暗愚なお方ではなかった。この診療録をご覧になられたならば、家基さまが毒を盛られたと気づかれたであろう。それでも誰かを捕まえようとなされた形跡がない」

併右衛門が首を振った。

「ご存じなかったのでは」

「それはありえぬな」

あきらかに併右衛門は否定した。

「唯一残っていた吾が子だ。その急死に疑念をいだかぬはずはない。なにより、吾が子の病床を見舞うであろう。そこで医師から話を聞くのは当然。病状、治療、治癒《ちゆ》の見こみ、家治さまに問われれば、医師は隠すことなどできぬ」

「…………」

無言で衛悟は首肯《しゅこう》した。

「となれば、家基さまが亡くなられる前に、家治さまは毒物によるものとお気づきであったはずだ」

「それでも何一つ動かれなかった……」

「動けなかったというべきかもしれぬな」

併右衛門がつぶやいた。

「おわかりなのでござるな」

つきあいも長く、ともに死地を潜《くぐ》り抜けてきた。互いに相手の考えていることを読めるようになってきている。衛悟は問いかけた。

「確証がもてぬ」

力なく併右衛門が首を振った。

「今、おぬしに明かすのはいい。なにがあってもしゃべらぬとわかっておるからな。ただ、知ってしまえば、どうしても心に残る。忘れよといったところで、脳裏から消えてしまうことはない。それが、あとあとどう響いてくるか、わからぬ」

「聞いてしまえば、その相手に対して、わたくしの対応が変わると」

「そうだ。それで相手に知られることもある。いや、おぬしが馬鹿なことを考えないともかぎらぬ」

併右衛門が述べた。

「では、なぜわたくしに話された」

「儂《わし》の心がもたぬからよ」

小さな声で併右衛門が漏《も》らした。

「こんな怖ろしいことが、真《まこと》であるとは思いたくはない。しかし、そうとでも考えねば、つじつまがあわぬ。一人で抱えるには大きすぎる」

「立花どの……」

衛悟は併右衛門が小さく震えていることに気づいた。

「のう、衛悟よ」

「はい」

「子や孫に美田を残したいと思うのは、親として当然のことよな」

「まだ親になっておりませぬが、まちがいなく、そのとおりでございましょう」

併右衛門の問いかけに、衛悟は首肯した。

「たったそれだけのことを、儂は望んでいただけなのに……なぜ、これほどまでに重いものへかかわらねばならぬのか」

大きく併右衛門が嘆息した。

「…………」

「巻きこんでしまったことを心から詫びる」

「……今更《いまさら》逃げだすこともできますまい」

衛悟は微笑《ほほえ》んだ。すでに衛悟は何度となく併右衛門を襲った者と戦っていた。今更降りたところで、見逃して貰《もら》えるはずはなかった。

「無事に生き残ったならば、それ相応の褒賞《ほうしよう》をいただきますゆえ。お気になさるな。本来武士とはそういうもの。命をかけて手柄を立て、禄《ろく》をいただく。乱世をそうやって、我らが先祖たちは生きぬいてきたのでござる」

「そうか」

「さようでござる。我らは乱世を再現しておるのでござる。すなわち、敵は倒さねばならぬ。ただ、それだけ」

「だの」

併右衛門の目に力が戻った。

二

東叡山寛永寺円頓院の主《あるじ》である公澄法親王《ほっしんのう》は、日光東照宮《にっこうとうしょうぐう》を統轄《とうかつ》する輪王寺《りんのうじ》の住職も兼ねていた。

その輪王寺から、十名の僧侶が円頓院へと入った。

円頓院の最奥、公澄法親王の御座の間、下段に僧侶が平伏した。

「お呼びとうかがい、お山衆《やましゅう》参上つかまつりましてございまする」

先頭のお山衆が述べた。

「うむ。ご苦労であった。予《それがし》が公澄法親王である」

「ははっ」

十名のお山衆が額を畳《たたみ》に押しつけた。

「皆には、苦労をさせることになる。最初に詫びておく」

公澄法親王が軽く頭をさげた。

「そのようなことを。おそれおおい」

お山衆たちが恐縮した。

「命を捨ててもらうことになろう。殺生を犯してもらうことにもなる。悟りの菩提《ぼだい》へ行くことができず、六道の地獄を永劫《えいごう》にさまようことになろう」

座っているお山衆一人一人へ、公澄法親王が目をやった。

「だが、決してそなたたちだけをやらぬ。いずれ予も参ろうほどに、許せ」

「どうぞ、お気になされず」

先頭のお山衆が言った。

「我らは、東叡山の闇を引き受けるのが任。承知のうえでお山衆となった者ばかり。口減らしのため、寺へ追いやられた我らを育ててくださったご恩に報いるは、今。我らはお役に立てることに喜んでおりまする」

「うれしいことを申してくれる。皆面《おもて》をあげよ。一人一人、名を名乗れ。予は死ぬまで、そなたたちの名前と顔を忘れぬ」

「かたじけなきお言葉」

腰を伸ばして先頭のお山衆が名のった。

「海山坊《かいざん》にございまする」

「拙僧は海道坊《かいどう》と申しまする」

「海空坊《かいくう》でございまする」

十名のお山衆が順に告げた。

「うむ。天海大僧正さまの御名から一字をいただくお山衆は、それにふさわしい力を持つと聞く」

公澄法親王がうなずいた。

「仰せのとおりにございまする。一同得手とする武は違いますれども、それぞれが一騎当千。決して破ることのかなわぬお山の盾《たて》」

強く海山坊が胸を張った。

「頼もしいかぎりである」

満足げに公澄法親王が首肯した。

「で、わたくしどもはなにを」

海山坊が訊《き》いた。

「委細は、覚蟬から聞け」

公澄法親王が、下段の間最上段左に控えていた覚蟬を見た。

「覚蟬でござる」

「もしや、お山一の学僧と言われた」

名のりを聞いた海山坊が驚いた。

「過去のことでござる。今は、市井《しせい》の願人《がんにん》坊主」

苦い笑いを浮かべながら覚蟬が答えた。

「予の片腕である。覚蟬の言葉は、予の命《めい》と心得よ」

割りこむように公澄法親王が言った。

「承知つかまつりましてございまする」

海山坊が受けた。

「では、場所を移そう。法親王さまには、おやすみいただかねばならぬ」

「さようでございまするな」

覚蟬と海山坊が顔を見あわせた。

「待て、予も加わると申したはずだ」

公澄法親王が怒った。

「ご同席いただかなくてけっこうでございまする。法親王さまには、大所から我らをお見守りくださいますように。参ろうか」

さっと立ちあがった覚蟬が、お山衆をうながした。

「では、これにて」

お山衆も御座の間を出た。

「おまえたちは……」

残された公澄法親王が、小さく頭《こうべ》を垂れた。

別室へ移動した覚蟬は、お山衆を円を作るように座らせた。

「あらためて覚蟬じゃ、よろしく頼む」

「なにをいたせばいい」

海山坊が質問した。

「いよいよ徳川に対して闇の戦いを挑むときが来た」

覚蟬が語り始めた。

「どうやら、幕閣で大きな動きが始まりそうじゃ。松平越中守が、なにやら企んでおるようじゃ」

「白河侯が……」

「うむ。八代将軍の孫にして、かつて老中筆頭であり、今は溜間詰《たまりのまづめ》という、名門中の名門大名よ。その松平越中守が、奥右筆組頭と接触した」

「奥右筆……たかが代筆ではござらぬか」

「なめてはいかぬ」

海道坊の言葉を覚蟬がいましめた。

「奥右筆は、幕府にかかわるすべての書付を扱う。また、過去すべての書付の管理もおこない、必要であれば老中の出した令を否定することもできる」

「老中の命をでござるか」

聞いた海道坊が息を呑《の》んだ。

「表向きは前例にないとして、留めるだけだが、それだけの権を持っている。奥右筆こそ、幕府の歴史と言っても過言ではない」

「それだけの力を持つ者と松平越中守が組めば……」

「将軍を代えることもできよう」

「まさか……」

海山坊が、目を見張った。

「そう思ってくれてちょうどよいのだ。あの組み合わせは。その二人が動くほどのこととなれば、徳川の、いや、幕府の根本を揺るがす問題と考えてもおかしくはあるまい」

「いかにも」

「言われるとおりでござるな」

お山衆たちが同意した。

「徳川も十一代を重ねた。鎌倉の源氏《げんじ》は三代、室町の足利《あしかが》は十五代で滅びた。そろそろ徳川も終わりを迎えるべきだと儂は思う」

「しかし、鎌倉室町の末路をいうなれば、戦《いくさ》が必要である。世が乱れるゆえ、人心は離れ、新たな秩序を求めるのではないか。なれど、世は泰平で、争いはどこにもない」

覚蟬の言葉を海山坊が否定した。

「それではいかぬのだ。よいか、乱世を収めるのは武なのだ。鎌倉のあとに足利が出たように。足利のあとに豊臣《とよとみ》が来たように。武がふたたび世を握っては、今となにも変わらぬ。かわらず朝廷は抑えつけられ、今上さまは祭りあげられたままぞ。朝廷が、今上さまが実権を取りもどすには、幕府からの禅譲《ぜんじょう》しかない」

「禅譲などするか、幕府が」

海山坊が首をかしげた。

「させるのだ。そのためには、幕府を屈服させるだけのものを手に入れねばならぬ」

「それが、この度《たび》だというか」

「うむ。もしかするとこの度ではないかも知れぬ。だが、見すごすわけにはいかぬ。次がいつ来るかなどわからぬのだ。朝廷が武に屈してから六百年ぞ。これ以上の雌伏を今上《きんじょう》さまへ強《し》いるは、あまりに不忠であろう」

覚悟を決めた顔で覚蟬が告げた。

「そうだの。で、我らはどうする」

ふたたび海山坊が訊いた。

「奥右筆組頭立花併右衛門と松平越中守の見張りをまず頼む。それと……」

覚蟬が目配せした。

「海雪坊《かいせつぼう》」

海山坊が、もっとも襖《ふすま》に近い仲間へ声をかけた。

「……」

無言でうなずいた海雪坊が、膝《ひざ》で跳ね、手にしていた錫 杖《しゃくじょう》を襖へと突き刺した。

「ぎゃっ」

襖の向こうから断末魔の悲鳴がした。

「獅子身中の虫を殺すのだな」

ゆっくりと海山坊が立ちあがり、襖を開けた。

胸を錫杖に破られた老僧が一人死んでいた。

「増上寺の鼠《ねずみ》よ」

吐《は》きすてるように覚蟬が言った。

「家康によって徳川の菩提寺とされた増上寺は、幕府の手同然。いつも寛永寺の足を引っ張ってくれる」

覚蟬が、目を見開いたまま死んでいる老僧へ冷たいまなざしを向けた。

「畜生道へ落ちるがいい」

呪詛《じゅそ》の言葉を覚蟬がかけた。

「円頓院まで入りこんでいるか」

海山坊が嘆息した。

「穴だらけよ、お山はな」

「塞《ふさ》がぬのか」

覚蟬へ海山坊が問うた。

「穴の場所を知っておれば、雨漏《あまも》りの水を受けることができよう。塞げば、我らの知らぬところへ、新しい穴を開けられるだけぞ」

「なるほどの。では、こいつを殺してよかったのか」

海山坊が、老僧の死体を探りながら問うた。

「たまには見せつけておかねば、なめられるだけとなるゆえな。それに、今の話を聞かせるわけにはいかぬ」

酷薄な顔で覚蟬が述べた。

「覚悟のほどは見た。なれば、我らはただちに動こう」

「立花の家は、麻布箪笥町だ。ああ、それともう一つ。立花には柊衛悟という隣家の次男が警固《けいご》についておる。かなり剣を遣《つか》う」

「人を斬ったことはあるのか」

覚蟬の忠告に海山坊が確認した。

「ああ。両手ではたらぬほどな」

「それは手強《てごわ》いな」

海山坊が言った。

「聞いたか、一同」

「おう」

お山衆が首肯した。

「今から三つにわける。儂が四人を率いて、松平越中守の見張りをおこなう。海道坊、三人を連れて奥右筆を。海雪坊、残りを率いて公澄法親王さまの警固を」

「承った」

「任せよ」

海道坊、海雪坊が受けた。

「さっそく始めるぞ。動きがあれば、覚蟬どのへな」

「うむ。儂は江戸中をうろついておるが、かならず昼には深川《ふかがわ》の律儀屋《りちぎや》という団子屋に顔を出す。そのときに合図をしてくれればよい」

「承知」

お山衆たちが散っていった。

「誰かおるか」

残った覚蟬が呼んだ。

「これに」

しばらくして若い僧侶が二人顔を出した。

「この者を片づけよ。こぼれた血は護摩《ごま》の灰で清めるのだ」

覚蟬が老僧を指さした。

「承知いたしましてございまする」

若い僧侶たちが老僧の死体を運んでいった。

「ご次男坊どのよ。とうとう敵と味方じゃな。これも世の理《ことわり》の一つ。もしものときは、拙僧が弔《とむら》って進ぜるほどに、悪く思わんでくだされよ。南無阿弥陀仏《なむあみだぶつ》」

小さく口のなかで覚蟬が称名を唱えた。

お庭番村垣源内《にわばんむらがきげんない》が、家斉へ目通りを願うときは、天井から小さな紙片を落とすことになっていた。

「うん」

退屈そうに座っていた家斉の膝に、小指の爪ほどの紙片が舞い降りた。

「どうかなされましたか、上様」

御休息の間上段襖際《ふすまぎわ》に控えていたお小姓頭取《こしょうとうどり》が、家斉のようすに首をかしげた。

「座り続けるのに疲れたわ。しばし、庭を見て参る。誰もついてくるな」

家斉が立ちあがった。

「掛けものを」

絹でできた衣服をお小姓頭取が用意させようとした。

「要らぬわ」

「誰か、お草履《ぞうり》をそろえよ」

断られたお小姓頭取が、続いて言った。

「はっ」

縁側に近いお小姓が二人、素足のまま庭へ降り、踏み石の上にそろえられていた草履を捧げ持った。

「うむ」

縁側に立って家斉が右足を上げた。右側に控えるお小姓が家斉に草履を履《は》かせた。

家斉が右足を踏み石へおろした。

「おみ足を」

左側のお小姓が声をかけた。

「…………」

無言で家斉が左足を差し出し、草履があてられた。

「お供を」

庭で膝を突いていた小姓組番士が、家斉を見あげた。

「要らぬと言ったはずぞ。厠《かわや》まで付いてくるではないか、たまには一人にさせよ」

家斉が機嫌の悪い口調で命じた。

幕府にとって将軍は権威の象徴であった。万一があっては、幕府の存亡にもかかわる。寝るときであれ、用便であれ、家斉の側《そば》には誰かがついていた。

「なれど……」

小姓組番士がしぶった。それでは、役目が果たせないだけではなく、家斉に怪我でもされれば、お役御免《ごめん》どころか、家ごと潰《つぶ》されることになる。

「躬《み》の言葉がきけぬと申すか」

低い声で家斉が言った。

「申しわけございませぬ」

「お許したまわりますよう」

二人の小姓組番士が庭へ這《は》いつくばった。

家斉を怒らせれば、身辺警護を担う小姓組番士として側にいることはできなくなる。将軍側近として、出世の機会の多い小姓組番士は、得難い役目であった。なにより、将軍から嫌われたとなれば、三代は少なくとも浮かびあがることはできなかった。小普請《こぶしん》として、貧しい生活をおくらなければならなくなる。番士たちも必死であった。

「よい。行ってくる」

家斉は、許してから、歩き出した。

「待たせたな」

御休息の間からは、築山《つきやま》で遮《さえぎ》られて見えなくなる池近くの東屋《あずまや》へ家斉は腰を下ろした。

「お呼びだていたしまして申しわけもございませぬ」

目の前へ、不意に村垣源内が現れた。

「よい。お庭番の職務は、躬の命じたことぞ。なにがあった」

気にするなと言ってから家斉が問うた。

「三つございまする」

「ほう、三つもか」

家斉の目が光った。

大奥に入り浸り、政に興味がないよう見せていたが、家斉はなかなかに聡明であった。幼少時から将軍として松平定信らの薫陶《くんとう》を受けた家斉は、老中たちが乱れた幕政を立て直すのに必要な判断をおこない、破綻《はたん》しかけた財政を修復する一助をなしていた。父一橋治済との確執で罷免したとはいえ、松平定信との仲もよかった。

「一つ目はなんじゃ」

「越中守さまのことでございまする」

うながされた村垣源内が話し始めた。

「ほう。奥右筆組頭と密談をしたか。珍しいの。越中守が躬になにも申さぬというのは」

聞いた家斉が少し目を大きくした。

「内容はわかるか」

「はい」

村垣源内がうなずいた。

もともとお庭番は松平定信の警護として家斉が派遣していた。父一橋治済の狂気を知ればこその行為であったが、つけられたお庭番は同時に松平定信の行動を逐一《ちくいち》見張る目でもあった。

「家基さまの御逝去《ごせいきょ》について、調べよとご命じなされておられました」

「やはりか」

大きく家斉が嘆息した。

「すでにすんだことではないか。なにより御用部屋もかかわっていたこと。いまごろほじくり返すなど、正気の沙汰《さた》とは思えぬ」

家斉がうなった。

「太田備中め。愚かな」

憤怒《ふんぬ》の表情を家斉が浮かべた。

「己《おのれ》も関係していたというに。やはり器ではないな」

「…………」

要らぬ口出しはしないのが、お庭番である。村垣源内は家斉の感情がおさまるまで、無言であった。

「越中守はきまじめに過ぎる」

家斉があきれた。

「躬はまだ一橋にいて子供であった。家基の死をよくは知らぬのだが、ただ家治さまより秘事を受けついだ。親として耐えることのできぬことなれど、死は返らぬことゆえ、波風は立てぬが幕府のため。人の上に立つということの辛さは、口で表すことができぬだけでなく、心まで殺す」

「上様……」

村垣源内が気づかった。

「家基の死を知らぬか」

「あいにく、そのおりわたくしめはまだ村垣の家を継いでおりませず、紀州《きしゆう》根来《ねごろ》で修行をいたしておりましたゆえ。実際に見てはおりませぬ」

申しわけなさそうに、村垣源内が首を振った。

「父から聞いておらぬのか」

「家督を継ぐときに」

「さようか」

家斉が納得した。

「まだ子供であった躬は、なんのことやらわからなかったが……ただ、口にしてはいかぬとだけは、理解できた」

「心づかぬことを申しました」

村垣源内が平伏した。

「よい。とにかく越中守と奥右筆組頭から目を離すな」

「はっ」

命に村垣源内が首肯した。

「次はなんだ」

話せと家斉が言った。

「神田のお館さまでございまする」

「父が、またなにか企んでいるのか」

「いえ、治済さまのことではございませぬ」

村垣源内が否定した。

「あの甲賀者か」

すぐに家斉が気づいた。

「あの甲賀者、冥府防人と名乗っておりまする……と確認できたわけではございませぬが、越中守さまの御屋敷へ忍びこんで参りました」

「倒したのか」

「いえ。手裏剣《しゅりけん》を投げただけで逃げ出しました。命が越中守さまの警固ということでございましたゆえ、あとは追っておりませぬ」

「ふむ。みょうだの。あの冥府とか申した者は、かなり遣うと聞くが、手裏剣を投げただけで、お庭番を倒しもせず逃げ出したとは……解《げ》せぬな」

「はい。残念ながら、あの者の腕は、お庭番に引けをとりませぬ」

冷静に村垣源内が認めた。

「それでは異様だの。まるで形だけではないか」

「おそらく、越中守さまへ襲われたと報せるだけが目的だったのでございましょうが……」

村垣源内も困惑していた。

「なんどもあやつは越中守さまのお命を狙っておりまする。今までは、我らが壁をこえることができず、そのままあきらめておりまするが……」

「わからぬの。わからぬときは、本人に聞くだけじゃ」

「どのように」

「越中守を呼び出す。越中ならば、気づいておるであろう」

家斉が言った。

「よろしゅうございますので。越中守さまは、上様へ報さぬようになされておりまするが」

思わず村垣源内が顔をあげた。

「それが腹立たしいというのは確かじゃ。いつもいつも躬は政から弾《はじ》かれておる。躬はただ老中たちの申してきたことに首を縦に振ることだけが仕事。だが、越中守だけは、違っていた。いつも躬に詳《くわ》しくなぜこの法が必要なのかを説明してくれた。その越中が躬に隠しごとをする。躬に負担を掛けまいとしておるのだろうが……それが情けない」

拳《こぶし》を家斉が握りしめた。

「上様……」

気遣わしげに村垣源内が声をかけた。

「これ以上越中守を家基に近づけてはならぬ。あれは知ってはならぬことなのだ」

「越中守さまをお止めしますので」

「いや、作り話を聞かせるしかあるまい。動くなと命じれば、より気になるものだ。真実でなくとも、越中が納得すればそれで終われる。もっとも満足してくれるとは限らぬが。なにもせぬわけにはいかぬ」

「……………」

無言で村垣源内が頭をさげた。

「あと甲賀者を殺せ。父がこれ以上動かぬよう、手足を奪え」

家斉が告げた。

「よろしゅうございまするので。あの甲賀者は、越中守さまのお命を狙ってはおりまするが、治済さまの身を守る盾でもございまする。あの者の働きがあればこそ治済さまは、無事にお過ごしでございました。甲賀者を処分いたしますると、治済さまをお護《まも》りする者がいなくなりまする」

村垣源内が危惧《きぐ》を表した。

「かまわぬ。父とはいえ、あまりに口出しをしすぎる。親殺しをしたくはないゆえ、躬が直接命じることはないが……襲われるならば、いたしかたあるまい。自業自得というものじゃ。将軍の地位などに固執せねば、三卿《さんきょう》の主でしかない父など、誰が襲うものか」

冷たく家斉が宣した。

「承知いたしましてございまする」

額を地に付けて村垣源内が受けた。

「最後の一つはなんじゃ」

家斉が語れと命じた。

「日光輪王寺より、僧侶が十名寛永寺へ入りましてございまする」

「それがどうかしたのか。もともと輪王寺と寛永寺は一つ。人が動いてもおかしくはあるまい」

「輪王寺から参った者に問題がございまする」

村垣源内が述べた。

「参った者は、日光のご霊廟《れいびょう》を護るお山衆と申す者で」

「お山衆。どのような者どもぞ」

興味をもった家斉が、身を乗りだした。

「家康さまの御廟を護るために必要なだけの修行を積んでおりまする」

天下人の墓には、いろいろなものが副葬される。それを狙って盗賊などが墓荒らしをおこなうのは、古来からの必然であった。

「遣い手を寛永寺が呼んだというのか」

「はい」

家斉の言葉に村垣源内がうなずいた。

「今までにあったか」

「いいえ。少なくともお庭番が江戸へ出て来てからはございませぬ」

村垣源内が首を振った。

「気付いたのではなかろうな」

「わかりませぬ」

確認する家斉へ、村垣源内が首を振った。

「寛永寺は朝廷の耳目。ややこしいことにならねばよいが」

家斉が、つぶやいた。

三

御休息の間へ戻って、家斉はすぐに松平越中守を呼び出した。

「お呼びでございましょうか」

溜《たまり》の間《ま》は、御休息の間からもっとも遠い。小半刻《こはんとき》（約三〇分）を大きく過ぎて、ようやく松平定信が御休息の間下段へとやって来た。

「うむ。久しぶりに将棋の相手をいたせ」

家斉が命じた。

将軍家には将棋の相手をする世襲の家があった。名人と称される大橋《おおはし》家、大橋分家、伊藤《いとう》家である。五十石内外の禄が与えられ、いつでも将軍家の求めに応じられるよう、交代で江戸城中に詰めていた。

「喜んでお相手つかまつりまする」

すぐに松平定信は応じた。

「皆、遠慮せい」

将棋盤の用意などをさせたあと、家斉は人払いを命じた。

「上様、負けられる準備でございまするな」

駒を並べながら松平定信が笑った。

「黙れ。今日こそは、躬の実力を思い知らせてくれるわ」

言い合いをしながら、二人は目で合図を交わしていた。

「さっさと下段の間より外に出よ」

「はっ」

お小姓頭取が、笑いながら配下たちをうながして出ていった。

「越中守」

駒を動かしながら、家斉が口を開いた。

「はい」

「なにを隠しておる」

機嫌の悪さを隠すことなく家斉が問うた。

「お耳に入りましたか」

悪びれることなく松平定信が答えた。

「申せ」

「できれば、上様にはおかかわりなきようお願い申しあげたいのでございまするが」

「……」

「ならぬ」

松平定信の願いを家斉は一言で拒否した。

「いたしかたございませぬ。上様だけは、汚したくなかったのでございまするが」

「……」

大きく嘆息して、松平定信が首を振った。

「家基さまのことでございまする。ご承知でございましょうが」

「うむ。家治さまより聞いておった」

「家治さまが……さようでございましたか」

少し驚いた顔を松平定信が見せた。

「差し障りなければ、家治さまのお言葉をお聞かせ願えませぬか」

「よかろう。家基の死は病死ではない。これには、幕府のすべてがかかわっておる。決してその謎《なぞ》に触ろうとするな。これが家治さまの御遺言であった」

家斉が告げた。

「ありがとうございまする」

聞いた松平定信が頭を下げた。

「わたくしも真相までは摑《つか》んでおりませぬ。あのとき、わたくしはまだ幕政にかかわっておりませなんだ」

安永三年（一七七四）田安家から白河松平へ養子に出された松平定信が、家督を継いだのは、天明《てんめい》三年（一七八三）、家基が死んだ安永八年には、幕政どころか、藩政にも携わっていなかった。

「義父から聞いてはおらぬのか」

「定邦《さだくに》からでございまするか。あいにくなにも」

情けなさそうに松平定信が述べた。

「定邦か。もう話を訊くわけにはいかぬな」

残念そうに家斉が言った。

松平定邦は白河松平藩初代定賢《さだよし》の嫡男であった。水戸徳川家の支藩守山《もりやま》松平の六男であった父定賢が、越後高田《えちごたかだ》十一万三千石の養子となったおかげで、松平定信の養父定邦は白河藩主という譜代《ふだい》のなかでも指折りの名門大名となることができた。もっとも父定賢が長命であったことから、藩主となったのは四十三歳と遅く、あまり政に熱心ではなかった。

五十六歳で家督を松平定信へ譲った後、寛政二年（一七九〇）、七年の隠居を経て六十三歳で死去した。

「申しわけございませぬ」

深々と頭を下げて松平定信が謝罪した。

「越中が詫びることではあるまい。そなたもいわば、被害を受けたのだからの」

「恐れ入りまする」

「で、なにを奥右筆組頭へ命じた」

あらためて家斉が問うた。

「家基さまの死にかかわるいっさいを探し出せと命じましてございまする」

「そのようなものが残っておるのか」

家斉が驚いた。

「一度奥右筆組頭より、家基さまを診た奥医師の記録があると聞いたことがございまする。そこには、斑猫《はんみょう》の毒による死によく似ているとあるそうで」

「毒を飼われたというか。医師の記録ならば、まちがいないとは思うが……」

「それ自体が嘘であるやも知れませぬ」

松平定信は、家斉の言いたいことを理解していた。

「それも含めて、奥右筆組頭に命じましてございまする。幕政にかかわる書付いっさいは奥右筆部屋に保管されておりますれば、あの者ならば見つけ出すことも容易でございましょう」

「そうだの。だが、余計なことも報せることになるのではないか」

「知ればただではすみませぬ。邪魔だと命を狙われもいたしましょう。となれば、あやつも不党不従などと言っておれなくなり、わたくしめに庇護《ひご》を願って参ることでしょう」

「敵側につくかも知れぬぞ」

「そうなったならば、排除するのみでございまする。念のため、吾が陣営に留め置くよう、一人娘に一族の者をあてがうつもりではおりまするが」

「一門に迎えるというか。なかなかに思いきったことをするな。奥右筆組頭の家格は高くあるまい」

「もとは二百石取りであったとか」

「給米取りか。よくぞ奥右筆組頭まであがったものよな。よほど当主ができるのであろう」

家斉が感心した。

「ゆえに一筋縄では参りませぬ」

「そういえば、旗本の次男が警固についていると申したの。永井玄蕃頭《ながいげんばのかみ》の命を救ったとか聞いたぞ。そやつはどうする」

「永井玄蕃頭から養子の斡旋《あっせん》があったようでございまするが……」

松平定信が語尾を濁らせた。

「大坂へ行ってしまって、棚上げとなったか」

衛悟のことなど家斉は知らないが、側役《そばやく》の転任はよく覚えていた。

「はあ。じつは、わたくしがそのように手配をいたしましてございまする」

「越中がか、なぜだ」

家斉が首をかしげた。

「奥右筆組頭より頼まれたからでございまする」

「なるほどの。剣と盾を失うことを怖れたか、筆が」

小さく家斉が笑った。

「遣えるだけ遣いたいのでございましょう。それと秘事を知る者は少ないほどよろしゅうございまする」

「であるな」

「となれば、我らにとってもつごうがよい人物でございましょう。よって、奥右筆組頭の願いを聞き届け、養子縁組の話を遠ざけたのでございまする」

「適切な対応であったな」

家斉が認めた。

「哀れなことではございまするが、厄介叔父《やっかいおじ》にとって、養子の機会はなかなかに参りませぬで」

「養子など要らぬ話であろう。幕府にとって後ろめたい過去である家基に触れるのだ。争いに生き残ったとしても……」

「死んでもらわねばなりませぬ。奥右筆組頭とともに」

冷酷な顔で松平定信が告げた。

「桂馬を跳ねるべきか」

なにもなかったかのように、家斉が駒を動かした。


冥府防人は満足していた。

松平定信が、思惑どおり立花併右衛門へ話を持ちかけたからである。

「大名、老中筆頭などといったところで、結局は何一つ己でできぬ」

鼻先で笑いながら、冥府防人は松平定信を見張っていた。

家斉の父一橋治済《はるさだ》と大奥によって追いだされたとはいえ、松平定信には老中としての功績が多い。幕府は白河ではかなうことのない最上級の家格を一代限りとはいえ与え、松平定信を溜間詰《たまりのまづめ》とした。溜間詰は、式日登城以外は勝手きままを許されている。毎日登城してもしなくても、なんら咎《とが》められることはなかった。

「今日も出ていくか、暇なのか、よほど政に未練があるのか、追いだした者たちへの嫌がらせなのか、熱心なことだ」

白河藩上屋敷の向かいにある旗本屋敷の屋根の上から、冥府防人は松平定信を見張っていた。

「お庭番の蔭供《かげとも》は二人か」

冥府防人は、さりげなく行列近くを行く商人と浪人に目をやった。

「駕籠《かご》周囲を固める者も、かなり遣うな。腰がまったくずれぬ。いまどき、これだけ武術の鍛錬をした藩士が、何名もおるとは、藩主の心がけがよほど立派なのであろう」

皮肉げに冥府防人が口の端をゆがめた。

「この泰平の世に、もっとも不要なものであるのにな」

冥府防人が、音もなく屋根の上をすべった。

「おかげで襲うことができぬ。陸尺《ろくしやく》の足取りが重い。おそらく駕籠は鉄の板が仕組まれている。これでは手裏剣や弓矢も遣えぬ。登城途中がだめとなると、やはり屋敷におるときか、江戸城内で狙うしかないな」

行列のあとをつけながら、冥府防人はつぶやいた。

「しかし、江戸城は惣堀《そうぼり》を甲賀、城内を伊賀が護っておる。さほど難事ではないが……隙《すき》を見るにはよいか」

わずかな隙も逃すまいと冥府防人は、毎日松平定信のあとをつけていた。

「御三家とでもすれ違ってくれればよいものを」

大名同士が駕籠で行きかうとき、親戚筋であれば、慣例として、互いに足を止めて扉を開け、挨拶《あいさつ》をかわすことになっていた。また、御三家あるいは御三卿、越前《えちぜん》松平など徳川にとって格別の家柄と出会った場合は、駕籠を降ろし、扉を開けて相手が行きすぎるまで頭をさげる必要があった。

「うまく差配しているのだろう」

冥府防人が行列の先頭へ目をやった。

大名の行列には、かならず差配がいた。近習《きんじゅ》やお使番《つかいばん》などを歴任してきた経験豊かな藩士が命じられるもので、行列の少し先を歩き、有事に対処するのが役目であった。

有事とはただ一つ、別の大名行列と出会うことである。同格、あるいは、相手が下ならば、別にどうということはなかった。困るのが格上の相手であった。とくに御三家御三卿、老中などの行列と出会うのはなんとしても避けなければならなかった。

これらの行列に近づいてしまえば、かならず駕籠を降ろして、主君が頭をさげなければならなくなる。行列を止めることで予定が狂うことも問題だが、なにより主君に頭をさげさせるのは論外であった。

差配役は前後左右に気を配り、老中や御三家などの駕籠を見つけると、行列を脇道へ誘導したり、わざと足踏みをさせて、さりげなく出会わないように調整した。

行列の先頭にある槍飾りだけで、相手を読み取り、家格の上下を瞬時に判断して、対応を決めなければならない。差配はなかなかに難しい役目であった。

「まさか御前さまへ、行列を出して白河と出会って下さいませとは願えぬしの」

小さく冥府防人が嘆息した。

「大手門か」

冥府防人が屋根の上で足を止めた。

大手門は江戸城の顔である。広大で、将軍が堂々と行列を組んで通れるだけの大きさがあった。

「門番か」

しみじみと冥府防人が漏らした。

冥府防人はもと甲賀者である。そして、甲賀者が大手門の警衛をしていた。甲賀者は大手門を入ってすぐにある百人番所《ひゃくにんばんしょ》へ詰め、出入りする大名や旗本などを見張った。

「伊賀者の同心より高い与力《よりき》格とおだてられて、命じられたのは門番。門番など甲賀者でなくとも、いや、武士でなくともつとまろう。諸大名の屋敷では足軽、旗本にいたっては、中間《ちゅうげん》がやっているところもある。乱世、近江《おうみ》において名をはせた甲賀者のすることではない。それを後生大事に……」

苦々しく冥府防人が吐きすてた。

「いかぬ。松平越中が、なかへ入ってしまったわ」

思いにふけっている間に、松平定信は駕籠を置いて大手門へと消えていた。

「ついて行って見るか」

冥府防人は、すばやく身支度《みじたく》を変えると、裃《かみしも》を身につけ、役人らしい風体となって、大手門を潜《くぐ》った。

「ふん。なにも変わっておらぬか」

大手門を監督している大番組《おおばんぐみ》と書院番《しょいんばん》組士へ軽く黙礼しながら、冥府防人は百人番所へと気を配った。

「覇気のない顔をしておるわ」

百人番所まえでは、袴《はかま》の股立《ももだ》ちを取った甲賀者が、六尺棒を手に立っていた。

「あれは、野崎《のざき》の次郎左《じろうざ》ではないか。稀代《きたい》の術師といわれた次郎左も、こうやってみれば、ただの年老いた御家人でしかないな」

目をあわさぬようにしながら、冥府防人は百人番所のなかをうかがった。

「組頭大野《おおの》軍兵衛《ぐんひょうえ》を始め、十名からの仲間を失ったというに、緊迫さえしておらぬのか」

冥府防人があきれた。

先日、甲賀組は冥府防人らを狙った。一橋治済の寵愛《ちょうあい》を受けている絹を亡き者とし、甲賀の汚点である冥府防人をおびき出し、始末するためであった。

襲い来たかつての同僚を撃退した冥府防人は、逆に甲賀組を襲い、組頭大野軍兵衛らを殺していた。もっとも大野軍兵衛を殺したのは、冥府防人の父望月信兵衛《しんべえ》であったが。

「滅びたか、忍《しのび》は」

小さく嘆息して、冥府防人は百人番所から目を離した。

四

お納戸《なんど》御門《ごもん》から城中へ冥府防人は入った。

役人たちの出入り口である納戸御門の右手には、下部屋がずらりと並んでいた。下部屋とは役人たちが着替えをしたり、食事を摂《と》ったりする仕度部屋のようなものである。

冥府防人はあっさりとその一つ、勘定衆《かんじょうしゅう》の下部屋へ入りこんだ。

「やはりもう誰もいなかったな。勘定方は他より仕事を始めるのが早い」

誰もいない下部屋で、冥府防人は忍装束へと戻った。濃い小豆《あずき》色に近い忍装束は甲賀者の使うものであった。

冥府防人はその場で天井へと跳びあがった。片隅の一枚を刀の柄で押して外すと、天井裏へと身を滑りこませた。

「伊賀者は……おらぬか」

すばやくあたりの状況を冥府防人は探った。

戦国最強を誇った伊賀者も、いまでは大奥や空き屋敷の番人へと落ちぶれていた。

「伊賀者最後の誇りを、八代将軍吉宗さまが奪ったからな」

天井裏を音もなく進みながら、冥府防人が独りごちた。

伊賀者の誇りとは隠密《おんみつ》御用であった。幕府に吸収された忍は、伊賀、甲賀、根来の三つであった。そのうち、根来衆は、鉄砲の腕を買われて鉄砲組へ、甲賀は大手門の番人とされた。伊賀者は一度幕府へ叛旗《はんき》を翻《ひるがえ》したことで分割されたが、代々忍本来の役目である隠密御用は続けていた。しかし、将軍の代を重ねるごとに政の実権は老中たちへと移り、伊賀者たちの支配も御用部屋がするようになった。伊賀者は将軍直属の隠密から、御用部屋の走狗《そうく》へと成り下がったのだ。

そこへ紀州家から八代将軍吉宗が来た。吉宗は、将軍の手から奪われた政を取り返すべく、あらゆる手を使った。そのなかにお庭番があった。

紀州の時代から吉宗に仕えていた玉込め役は、根来忍の流れを汲む忍であった。その玉込め役を吉宗はお庭番と改称し、己専用の隠密とした。

将軍親政を掲げた吉宗は、老中たちから政の裏も取りあげるため伊賀者を排除し、お庭番を遣った。

こうして伊賀者の手から隠密御用がこぼれ落ちた。

かつてはともに名と勢威を張り合った甲賀の格下であったことも、忍本来の任である隠密御用を受けている間は、我慢できた。甲賀は忍に非ずとひそかに見下すことで保っていた矜持《きょうじ》が崩れたのだ。

伊賀者が覇気を失うのに、それほどのときはかからなかった。

「奥女中のお供ですむなら、それが楽か」

冥府防人が嘆息した。

「命を賭《か》けずとも禄《ろく》はある。子孫まで受けつぐ家が、伊賀を腐らせた」

戦国の伊賀は、依頼を受け、敵将の毒殺、敵陣の混乱、敵の様子などを調べて金を得、生きてきた。それが変わった。微々たるものとはいえ、なにもしなくても、禄は与えられ、子供へ受けついでいけるのだ。隠密御用がまだある間は、忍としての鍛錬も必要だと重ねることもできた。それさえ奪われたのだ。伊賀者からやる気が消えたのも当然であった。

「されど、これでは、将軍家の命を一人の忍で奪うことができる」

小さく冥府防人が嘆息した。

「将軍の命を心配することは、吾の任ではなかったな」

考えを切りかえて冥府防人は、天井裏を進んだ。

広大な江戸城の内部の詳細は明らかにされていなかった。普請《ふしん》奉行と江戸城を建てた大工頭《だいくがしら》半井大和守《なからいやまとのかみ》のもとへ絵図面が残されていたが、厳重に保管され、漏れてくることはなかった。

甲賀者として役目を果たしていたころ、何度となくなかへ忍びこんだ冥府防人は、すべてではないが、江戸城の構造をあるていど知っていた。

「ここか」

迷うことなく、冥府防人が溜の間にたどり着いた。隅の天井板を静かにずらして、冥府防人は溜の間をうかがった。

「八代将軍の孫、老中筆頭だった者としては、ずいぶん端近なところに」

冥府防人が苦笑した。

譜代最高の間である溜の間に座を与えられる大名には二つの種類があった。一つは井伊家、酒井家など、代々溜間詰の家柄であり、もう一つが老中筆頭などを経験し、将軍家より格別に許された一代限りの大名であった。当然、一代限りの大名は、代々の家柄へ遠慮しなければならず、座も襖に近いところとなるのが決まりであった。

「おはようござる」

溜の間へ入った松平定信が、ていねいに挨拶をした。

「越中どのか」

「…………」

すでに詰めていた井伊と酒井が鷹揚《おうよう》な返答をした。

ともに徳川にとって格別な家柄であった。しかし、松平定信が老中のころは呼び捨てにできた相手である。それが、新参者を見る目で松平定信を見下していた。

「…………」

小さく苦笑しながら、松平定信が座った。

「かなり離れているな」

井伊掃部頭と酒井雅楽頭、溜の間の中央に座する二人と、松平定信の居場所は畳にして二枚ほどの間があった。

「やるか」

松平定信が一人になるのはここしかないと冥府防人は判断した。それと殿中では、いかに将軍の血を引く名門大名であろうとも、太刀を持つことは許されず、脇差《わきざし》だけしか帯びていない。

また、将軍家政務ご諮問衆《しもんしゅう》として、大名たちの上に立つ溜の間には、余人が入れなかった。どこの大名控えにもいる目付でさえ、溜の間は遠慮するのだ。

「…………」

将軍世子家基に手出しをしたとき以上の緊張を冥府防人は感じていた。松平定信を遠目から見たことは何度もあったが、これほど近くに寄ったのは初めてであった。

「これが人の格というものか」

冥府防人は、松平定信の放つ威圧に息をのんだ。

「八代将軍の血を引き、幕政を一手に握って、乱れた世を整えた執政の迫力。まさに功臣」

田沼主殿頭意次によって崩れた幕政を、将軍から委託されたのは、伊達ではなかった。

「だが、御前さまの敵。ならば、排除せねばならぬ」

冥府防人が懐へ手を入れた。

「太田備中の思惑もあろうが、吾《われ》が御前さまより命じられたのは、越中の始末」

手裏剣を冥府防人が握った。

冥府防人が取りだしたのは、薄刃の剃刀《かみそり》に似た中指ほどの大きさをした四角い手裏剣であった。

静かに息を整え、冥府防人は己の身体を周囲へと溶けこませるように、気を広げていった。

「反応はないな」

冥府防人は、松平定信を護る者の有無をもう一度確認した。松平定信へ向けられている気配はなかった。

「せめて一撃で逝《い》かせてくれよう」

一寸（約三センチメートル）も開いてない天井板の隙間《すきま》から、冥府防人は手裏剣を松平定信目がけて、投擲《とうてき》しようと構えた。

手を振ろうとした冥府防人の身体《からだ》が止まった。

「…………」

冥府防人が前へ跳んだ。

音もなく手裏剣が冥府防人のいたところを過ぎていった。

「お庭番か」

まったく気配を感じなかった冥府防人は、相手の正体をお庭番と読んだ。

「ふざけたことを」

忍の発声は独特であった。相手にだけしか聞こえないよう、喉《のど》を震わせて会話した。

「伊賀者か」

冥府防人が驚いた。

「お庭番のような紀州の坊主崩れと一緒にするな」

伊賀者が応えた。

「ただ覗《のぞ》いて帰るだけならば、見逃してやろうと思っていたのだが……」

ふたたび手裏剣が飛んできた。

冥府防人は天井板に張りついて姿勢を低くしていた。

「そこか……」

手にしていた手裏剣を冥府防人が投げた。

「………」

かすかな気配がした。

「はずされたか」

手応えのなさに、冥府防人は投げた手裏剣がかわされたと知った。

「伊賀にまだ矜持はあったのか」

「なめるな。乱世の闇を支配したのは、伊賀ぞ。与力の身分にあぐらを掻《か》いた甲賀などとは違う」

冥府防人の挑発に、伊賀者が冷静な答えを返した。

「隠密御用を取りあげられたのにか。無駄な鍛錬《たんれん》よな」

ふたたび冥府防人が、あおった。

「考えが浅いの」

伊賀者が鼻先で笑った。

「お庭番など八代吉宗さまのお血筋の間だけぞ。神君家康公より隠密御用を承ったのは、伊賀組じゃ。お血筋が変わったとき、お庭番はその名のとおり吹上《ふきあげ》お庭の掃除をするだけの役目となり、伊賀が隠密御用に返り咲く。そのときのための鍛錬よ」

「御三卿という家まであるのだぞ。血筋が変わることなどあるまい」

油断を誘うべく冥府防人は話し続けた。

「変わらねば変わっていただくまでよ」

冷酷に伊賀者が語った。

「将軍家へ刃《やいば》を向けるつもりか」

「…………」

問いかけに答えは返ってこなかった。

「まずいぞ。地の利ときの利ともに抑えられている」

冥府防人はつぶやいた。

江戸城中は伊賀組の範疇《はんちゅう》である。侵入者である冥府防人よりはるかに精通している。天井裏の柱の数から、屋根の高さまで伊賀者は熟知している。

また不意を突かれたことでときの利も伊賀者にもっていかれていた。

「普段ならば負ける気はせぬが……今は少しばかり分が悪い。御前の盾としての役目もある。ここで相討ちは無意味」

優秀な忍は、相手の力量と現状を瞬時に把握する。冥府防人は退くことにした。

「…………」

冥府防人は、気配を殺したまま、懐から手裏剣を取れるだけ出した。

「しゃ」

わざと小さく気配を漏らし、相手を誘った。

「…………」

気合いもなく数本の手裏剣が的確に冥府防人を襲った。

「……はっ」

身体を跳ねるように起こしてかわしながら、手裏剣の飛んできた先を冥府防人は確認、手にしていた手裏剣を撒《ま》くように投げた。

微妙に角度を変えて撃たれた手裏剣は、伊賀者の前後左右へと散らばった。

「ちっ」

動きを制された伊賀者が舌打ちをした。

冥府防人は、その一瞬を逃さなかった。跳びあがっていた身体をひねり、天井裏を駆けた。

「逃がさぬ」

手裏剣をやり過ごした伊賀者があとを追ったが、一拍遅れた。

「仲間を呼んだか」

かすかな笛の音が冥府防人の耳に届いた。

「くっ。囲まれでもしたら、面倒なことになる」

戦って負けるとは思わないが、今の状況は冥府防人に大きく不利であった。

「来たか」

前方に気配を冥府防人は感じた。

「やむをえぬな」

冥府防人は足を止めた。

どこかの確認もすることなく、天井板を破り、冥府防人は下へと落ちた。

「なにっ」

「ばかな」

追い詰めていた伊賀者二人が顔を見あわせた。

冥府防人が落ちたのは、溜の間からさほど離れていない帝鑑《ていかん》の間であった。

「うわっ」

「なんじゃ」

「曲者《くせもの》か」

帝鑑の間が、ざわついた。

古来譜代の者を集めた帝鑑の間には、多くの大名が詰めていた。

式日登城でなくとも、いつも帝鑑の間には、譜代大名がいた。これは、帝鑑の間からお詰《つ》め衆《しゅう》が選ばれるからであった。お詰め衆は側役や側用人と格が違うが、将軍の雑用を受けたり、話し相手になったりする役目である。お詰め衆の経験を経て、奏者《そうしゃ》番《ばん》などへ転じていくのが、慣例となっていた。

「役だってもらうぞ」

冥府防人は、手近な大名を蹴りとばして、混乱に拍車をかけた。

「なにをするか」

周囲の大名たちが色めき立った。

「抜くな、殿中ぞ」

誰かが叫んだ。

「ううむ」

脇差の柄《つか》に手をかけていた大名がうめいた。

「邪魔をしたな」

わざと大名たちの囲みへ、冥府防人が飛びこんだ。

「こやつめ」

大名たちが混乱した。冥府防人から逃げようとする者、捕らえようとする者で、帝鑑の間は騒動になった。

「鎮《しず》まれ、鎮まらぬか」

部屋に控えていた目付の制止も無駄であった。

「ちっ。派手なことをしてくれる」

天井裏の伊賀者が舌打ちした。

「気配が乱れて、どこへ行ったかわからぬぞ」

加勢に来た伊賀者も困惑していた。

「廊下を見張ればいい。拙者《せっしゃ》は奥へ向かう側を、おぬしは表へ行く側を」

「承知」

伊賀者は、帝鑑の間の天井裏から、大廊下へと移った。

冥府防人は、襖際にいた小柄な大名の襟首《えりくび》を摑むと、廊下へと投げた。あとを追うように冥府防人も廊下へ出た。

「大丈夫か」

廊下で転がっている大名に、攻撃された様子はなかった。

「庭へ出るのは愚策」

身を隠すところが多い庭は、逆に敵を見つけることが難しくなる。地の利をもち、援軍が出てくる敵地で庭へ逃げ込むのは愚でしかなかった。

「甲賀者よりできる」

冥府防人は、廊下を南へと走った。

大廊下の角を東へ曲がれば、玄関までまっすぐである。さらに小役人の詰め所が多く点在し、人の行き来もはげしい。

走りながら冥府防人は身形《みなり》を替えた。

「表へ向かったか」

廊下を見張っていた伊賀者が安堵《あんど》の吐息をついた。

北に走れば、溜の間をこえて将軍家御休息の間もある。万一御休息の間へ入りこまれでもしたら、伊賀組解体ではすまなかった。

小姓組、新番組、書院番組など、将軍警固《けいご》を任とする旗本たちは改易、老中若年寄、目付などにも影響が及ぶ。

「逃がすか」

伊賀者が天井裏を駆けた。

「ついてきてるな。どこで仕掛けてくる」

冥府防人はしっかり伊賀者の気配を摑んでいた。

「城内では、できまい」

小役人たちがあふれている廊下での戦いは、他人を巻きこみかねない。城内での騒動は、伊賀者も避けると冥府防人は読んでいた。

「城を出たところでやる気だろうな。大手前には大名の家臣たちが集まっている。その先だろう」

冥府防人は大手門へと向かった。

「ならば……」

口の端を冥府防人がゆがめた。

冥府防人は背後に伊賀者を連れながら、大手門へと急いだ。

「おもしろくしてやろう」

百人番所へ、冥府防人は踏みこんだ。

「どなたでござる」

なかにいた甲賀者が、冥府防人に問いかけた。与力とはいえ、江戸城にいる役人のなかでは、下である。通る役人たちのほとんどが旗本なのだ。対応がていねいになるのは当然であった。

「見忘れたか。川田《かわだ》」

冥府防人が顔を突きだした。

「お、おまえは……」

川田が気づいた。

「よくもここへ」

憤怒《ふんぬ》に顔を染めて川田が、刀の柄へ手を伸ばした。

「いいのか、ここも城内だぞ」

揶揄《やゆ》するように、冥府防人が言った。

「うっ」

一瞬、川田の動きが止まった。

「また会おう」

冥府防人が、百人番所を出た。

「行かせるな。追え」

あわてて川田が指示した。

「なにをする気だ、あやつ」

さすがに百人番所へ入ることはできない。伊賀者が唖然《あぜん》としていた。

「出て来た。なにっ、甲賀者を」

伊賀者が驚愕《きょうがく》した。

「ふふふ」

笑いながら、冥府防人が大手門を出た。

大手門前の広場には、登城している大名や旗本の家臣たちが、主の帰りを待っていた。そのなかへ、冥府防人は突っこんだ。

「なんじゃ」

「槍を倒すな」

家臣たちが動揺した。

「逃がすな。甲賀の名にかけて殺せ」

そこへ甲賀者が十人ほど加わった。輪をかけて混乱が増した。

「愚か者が。利用されたことに気づかぬのか」

伊賀者は、足を止めた。

冥府防人は混雑に紛《まぎ》れて、大手門を離れた。

「まだ伊賀者に術者が居るとわかっただけでよしとするか」

大きく堀を回って、冥府防人は神田館へと引きあげた。

第四章　闇の眷属《けんぞく》

一

道場で帰国する上田聖の壮行会がおこなわれた。

「無事な旅路を祈って、上田聖と柊衛悟の稽古《けいこ》試合を始める」

大久保典膳が、口上を述べ、あわせて二人が道場の中央へと進んだ。

壮行会は、剣術の神である鹿島《かしま》大明神へ、旅中の無病息災を祈って、試合を奉納する神聖なものである。衛悟も上田聖も真新しい稽古着に身を包み、懐紙《かいし》で鉢巻《はちまき》をしていた。

「鹿島大明神さまへ、礼」

命じられて二人は正座をし、鹿島大明神の掛け軸へ平伏した。

「互いに礼」

　向かいあって二人が手をついた。

「………」

　道場に属しているすべての弟子が、しわぶき一つせず、二人を見守っていた。

「一本勝負。始め」

　右手を挙げて、大久保典膳が試合開始を宣した。

「おうっ」

「りゃあ」

　二人は気合いを発しながら、一歩下がって間合いを空けた。

　互角にひとしい者同士の試合では、うかつな動きは致命傷となった。一足一刀の間合いを開いて、相手の動きを窺《うかが》うのが常道であった。

「隙《すき》がない……」

　衛悟は青眼に構えた竹刀《しない》の切っ先を、上田聖の喉《のど》へと模《ぎ》しながら、緊張した。上田聖とは、道場に入って以来のつきあいである。二十年には達していないが、その間ずっと稽古を共にしてきた。互いの癖を十分に知り尽くしていた。

「ごくっ」

見学している弟子の誰かが、唾《つば》を飲んだ。大きな音が静かな道場へ響いた。

「…………」

ほんのわずか上田聖が切っ先をあげた。

「来るっ」

応じて衛悟は、切っ先を下げた。稽古ならば格下から動くのが礼儀である。だが、試合となれば、話は別であった。勝機を見つければ、どちらから動いてもよかった。

「おうりゃああ」

すさまじい声をあげて、上田聖が跳びこんできた。

「せいりゃああ」

迎え撃つため、衛悟は竹刀を振りあげた。

乾いた音を立てて、二人の竹刀が空中でぶつかった。

「…………」

鍔《つばぜ》迫り合《あ》いに持ちこもうと踏みこんだ上田聖に対し、衛悟は大きく後ろへ下がって逃げた。

衛悟と上田聖では体格に大きな差があった。衛悟も大柄なほうであったが、上田聖はもう一回り上であった。身長は六尺（約一八〇センチメートル）をこえ、体重も二十貫（約七五キログラム）以上ある。鍔迫り合いに持ちこまれれば、体格差で押しきられかねなかった。

「りゃああ」

しかし、上田聖は衛悟を逃さなかった。衛悟の空けた間合いを詰めてきた。

「くっ」

慌《あわ》てて衛悟は竹刀で薙《な》いだ。

「ふん」

腰の入っていない見せ太刀とわかっている。上田聖は手にした竹刀で弾きかえした。

「……おう」

ともに竹刀が構えから崩れた。衛悟は、前へ出た。竹刀を手のなかで回すようにして、柄《つか》をつきだし、上田聖の腹を狙った。

「なんの」

上田聖が、右手を操って、衛悟の柄を止めた。

「ええい」

止められるのは最初からわかっていた。衛悟は勢いを止めず、左肩で上田聖へぶつかった。

「甘い」

上田聖は揺らぐことなく衛悟を受け止め、摑《つか》まえようとした。

「ほお」

見ていた大久保典膳が目を見張った。

衛悟は上田聖に当たるなり、腰を落とし、右足で床を蹴って、身体《からだ》を斜め左へと出した。竹刀を止めるため右手を出した上田聖の脇が、少し開いていた。そこを衛悟は潜《くぐ》るようにして、上田聖の背後へ抜けた。

「うまいっ」

弟子の一人が思わず口にした。

「えっ」

別の弟子が啞然《あぜん》とした。

上田聖の背後に回った衛悟が、その優位を捨ててまっすぐ走った。

「しゃあああ」

左足を軸に、上田聖が衛悟を追うように身体を回した。左手だけで持っていた竹刀が、大きな弧を描いて、衛悟の背中を襲った。片手薙ぎは伸びる。上田聖の竹刀は、衛悟へと迫った。

「はあはあ」

後ろも見ずに逃げたおかげで、衛悟は上田聖の一撃を食らわずにすんだ。

「すごい」

弟弟子が絶句した。

「さて、どうする、衛悟」

大久保典膳がつぶやいた。

「かわされたか」

上田聖が笑った。

「ぎりぎりだったがな」

衛悟も笑った。

「では、本気でいくぞ」

「望むところだ」

二人は構えを整えた。

竹刀をまっすぐ天に向けて立て、衛悟は基本の構えをとった。合わせるように上田聖も竹刀を上へあげた。

「一天の太刀同士か」

弟弟子が身を乗り出した。

「…………」

じりじりとつま先でするようにして、衛悟は間合いを詰めた。

身長差は、そのまま間合いの違いとなった。わずかだが、上田聖のほうが間合いが長い。一寸（約三センチメートル）が命を分ける剣術のうえで、間合いの差は大きかった。

ゆっくりと衛悟は膝《ひざ》も折った。

「低くなっていないか」

衛悟のすぐ下、道場名簿三位の木村《きむら》が、隣にいた弟弟子へと問うた。

「たしかに。みょうでござるな」

弟弟子も気づいていた。

「一天の太刀は上から押しつけるように落とすもの。一撃で兜《かぶと》を割るといわれる力には、高さが要る」

木村が首をかしげた。

「よく見ておくがいい。上田聖の到達した涼天覚清流の奥義。そして衛悟の摑んだ極みの技をな」

大久保典膳が、弟子たちへ告げた。

「はっ」

弟子たちが注目した。

衛悟の頭が、上田聖の胸あたりまで沈んだとき、間合いは二間（約三・六メートル）を切った。一足一刀、一歩踏み出せば、互いの切っ先が相手に届く。まさに必死の間合いであった。

「えいやあああ」

最初に動いたのは、上田聖であった。

覆《おお》い被《かぶ》さるように衛悟目がけて上段の太刀を落とした。

「おうりゃああ」

衛悟も応じた。曲げていた膝を大きく伸ばし、足を地から離して飛びあがった。斜め前へ向かった衛悟は、一天の太刀を袈裟懸《けさが》けに落とした。

大きく手を叩《たた》くような音が二つ道場に生まれた。

上田聖の竹刀は衛悟の頭を打ち、衛悟の一撃は上田聖の左首根を撃っていた。

「それまで」

手を挙げて大久保典膳が止めた。

「師よ」

驚愕《きょうがく》の表情をはり付けたまま木村が、大久保典膳を見た。

「どちらが勝たれたのでございましょう」

「相討ちじゃ」

大久保典膳が答えた。

「柊さまが速かったように見受けられましたが」

木村が食い下がった。

「たしかに、衛悟の竹刀が先に上田聖の首根を跳ねた。首の血脈を見事に断ったであろうな、真剣ならば」

「では……」

「だが、聖の一撃を止めることはできぬぞ。聖の一刀は、まさに涼天覚清流の奥義《おうぎ》。衛悟の身体は、真っ向唐竹に割られているだろう」

ていねいに大久保典膳が説明した。

「ただの稽古ならば、先に致命傷を与えた衛悟の勝ちとなる。だが、今のは稽古ではなく奉納試合。神の前での戦いに、人の詭弁《きべん》はつうじぬ」

「……はい」

「いつか、おまえも奉納試合をできるよう、精進いたせ」

大久保典膳が、木村をさとした。

「よし、これで試合を終わる。両者、神前へ向かい礼をいたせ……といったが、衛悟はまだ無理のようだな」

上田聖の竹刀を脳天に食らった衛悟は、まだ立てなかった。

「申しわけありませぬ」

吐《は》きそうな悪心《おしん》をこらえながら、衛悟は詫《わ》びた。

「まあ、よかろう。聖」

「はっ」

首をほぐすように動かしながら、上田聖が祭壇へ深く礼をした。

「うむ。では、宴の用意をな」

表情を緩めて、大久保典膳が命じた。

「黒田侯より、酒樽が一つ届いておる」

大久保典膳が、道場の奥、自宅へつながる木戸を開けた。

「殿が……」

上田聖が、息を呑《の》んだ。

「我が藩士を修行させてくれた礼だそうだ」

「おおっ」

「お優しいことだ」

弟子たちが歓声をあげた。

「かたじけのうございまする」

黒田藩邸に向けて、上田聖が、平伏した。

「食いものというほどのものは、ないが、存分にやるがいい」

大久保典膳の合図で、手伝いに来ていた近所の住人たちが、大皿を持ち出してきた。

「ありがたし」

さっそく弟子たちが手を出した。

「どうした、喰《く》わぬのか。これはおぬしの金で買ったものぞ」

まだ衝撃から立ちなおっていない衛悟を大久保典膳がからかった。

「ほお。衛悟が金を。変われば変わるものでございますな。では、いただきましょう」

笑いながら上田聖が箸《はし》を伸ばした。

数ヵ月前までの衛悟は、その日の帰りに団子を食えるかどうかさえわからぬほど、金がなかった。それが、併右衛門の警固《けいご》をすることで金を得て、懐《ふところ》に一分くらいはいつでも入っているほど豊かになっていた。

「うまい。なによりうまいわ」

上田聖が、衛悟の肩を叩いた。

「よ、よせ。まだ、気分が悪いのだ」

竹刀で頭を叩かれると、頭蓋骨のなかにある脳が激しく揺らされる。脳が揺れれば、平衡が狂い、まっすぐ歩けなくなったり、目が回るような感じとなって、気分が悪くなったりした。

「自業自得じゃ。己《おのれ》から竹刀へ頭をぶつけに行ったのだ、そのていどですんでよかったと思え」

大久保典膳が、つきはなした。

「師よ、なぜ、怒られないのでございまするか」

不思議そうに木村が問うた。

常々《つねづね》大久保典膳は剣術を人殺しの技と公言してはばからない。と同時に、大久保典膳は人を殺すためではなく、生きのびるための術を教えていると宣していた。それからいけば、衛悟の取った相討ち技など、許されないはずであった。

「竹刀だったからの。相討ちが成りたつのは」

「どういうことでございましょう」

木村が首をかしげた。

「竹刀の刃は平たい。真剣は鋭い。そういうことだ」

言い終わると大久保典膳は、大皿へ手を伸ばした。

「わかりませぬ」

情けなさそうな顔で、木村が上田聖を見つめた。

「わからぬか。竹刀稽古の欠点よな」

上田聖が、桝《ます》に入れた酒をあおった。

「人の頭は丸い。竹刀の幅があればこそ、一撃は滑らず面を撃つ。対して日本刀の刃《やいば》は極端に薄い。きっちりと筋が合っていないと、太刀は頭の丸みで滑り、刃筋が立たなくなる」

「では、真剣勝負だったら、師範代の一刀は、かすっただけだと」

「あほう」

気分の悪さを押して、衛悟が叱《しか》った。

「上田が、そのような情けない太刀を振るうものか。しっかり刃筋を合わしておったわ」

「申しわけありませぬ」

あわてて木村が上田聖へ詫びた。

「気にするな」

上田聖が、手を振った。

「もう一つお伺いしてよろしいか」

木村が願った。

「ああ。なんだ」

道場での上下は藩における身分にひとしい。許しをえないと質問は続けられなかった。酒を含みながら、上田聖が首肯《しゅこう》した。

「滑った刃はどうなるのでございましょう」

興味津々といった顔で木村が問うた。

「肩へと落ちることになるな」

淡々と上田聖が述べた。

「それでは、やはり相討ちではございませぬか」

木村が迫った。

「任せた、衛悟」

面倒になった上田聖が、衛悟へと投げた。

「ふらつきがおさまったところなんだぞ」

ようやく食べものへ手を伸ばした衛悟は、ぼやいた。

「しかたない。木村考えてみろ、頭に当たった刃が滑って肩へと落ちた。身体の外へ向かって流れたのだ刃は。人の急所である首も、心の臓も身体の中央にある。肩を割られたくらいで人は死なぬ」

「あっ」

理解した木村が声をあげた。

「首の血脈を断たれれば、絶対に助からぬ。剣の戦いではな、どれだけきれいな太刀を遣《つか》ったかではなく、最後に生きていた者が勝者なのだ。わかったか」

「かたじけのうございました」

木村が頭をさげた。

「やれやれ」

ようやく衛悟は宴会に参加できた。

「あとは任せたぞ」

酒の入った桝を衛悟へ渡しながら、上田聖が言った。

「できるだけのことはする」

衛悟はそう言うしかなかった。

「命を粗末にするな。あのような技、意味がないことくらいわかっておろう」

きびしい声で上田聖が忠告した。

「ああ。きさま以上の遣い手相手には意味がない」

肩を落として衛悟は首肯した。

「おぬしが戦っている相手は、刃筋を合わせることなど、容易にしてのけるのだろう」

「うむ」

衛悟の目のなかにあるのは、冥府防人であった。

「あの跳びはそのための工夫と見たが、違ったか」

「わかったか」

上田聖の問いに、衛悟は首肯した。

「跳びながら、わずかに頭を右へ傾けた。あれは、少しでも刃筋を合わせにくくするためと、滑ったとき傷を受けるのが左手であるようにとだな」

「そのとおりだ」

さきほど、衛悟は跳びあがりながら、頭をほんの少し右へ傾けていた。技に入ってからでは、太刀の刃をずらすことは難しい。一刀両断を避けるため、刃筋をずらす。これが主たる目的であったが、はずしたあとの被害を少なくする意図もあった。いくら滑っても、冥府防人くらいの腕となると、そのまま頭蓋骨に沿って太刀を落とすくらいのことはする。となれば、刃は衛悟の耳を削《そ》いで、そのまま首の付け根を撃つ。首の血脈に傷をつけることはできなくとも、まず身動きはできず、流れだす血で死へと至ることは確実であった。

首が傾いていれば、頭蓋骨に沿った太刀も、丸みに応じて流れていくしかなく、少なくとも首根を撃つことはできなくなる。

「相討ちにはならぬが、衛悟、そなたは二度と剣術遣いとして立つことはできなくなるぞ」

大久保典膳が加わってきた。

「承知しております。ですが、なにか工夫をせねば、どうしようもございませぬ」

衛悟は反論した。

「工夫を咎《とが》める気はない。なにより、前は相討ちを必死で狙っているというありさまだったからな、それからくらべるとはるかにましになった。だが、これでもまだ逃げている」

はっきりと大久保典膳が述べた。

「逃げていると仰せか」

思わず衛悟は大久保典膳に嚙《か》みついた。

「そうじゃ」

気にもせず、大久保典膳は料理を口にした。

「あとのことを考えず、その場だけに固執するのを逃げと言わず、どう言えというのだ」

「うっ……」

「前も言ったと思うが、生き残ることはなにより大切だ。だがな、生き残ったあとのことも考えねば、意味がなくなる。人を護《まも》るというのは、まず、己が無事であって初めて成りたつのだ。身代わりに死んでもいいとか、己が攻撃を受ければ、助けられるなどというのは、傲慢《ごうまん》の極地だ。それで助けられた者が、後々すがすがしく生きてい

ける と思うか」

きびしく大久保典膳が糾弾した。

「護られる者には、護られるだけの価値がある。それはたしかだ。男が女を護るのは、子を残したいからだ。女は命を次代へ紡《つむ》ぐものだからな。おぬしにとって立花どのを護るのはなぜだ」

「金をいただいておりますゆえ」

大久保典膳の問いに、衛悟が答えた。

「それも立派な理由よな。金がなければ生きてはいけぬ。いわば、命の代《しろ》をもらっているのだ。それに尽くすのは当然である。なにより、武家の存在の根本だからな」

満足げに大久保典膳が首肯した。

「それだけか」

「えっ」

重ねて訊《き》かれて衛悟は、絶句した。

「…………」

衛悟は思いつかなかった。

「金だけなら、ここまでせぬさ。今の己ができること。そこで止まるのが、金で作られた関係だ。それをこえての努力をする。それには、もう一つ要るものがある」

「なんでございましょう」

隣で聞いていた上田聖が問うた。

「尊敬の念、愛情の想い、憐憫《れんびん》の情、そして金以上の打算」

大久保典膳が語った。

「このうちのどれかがないと、命を凌駕《りようが》するほどの思いは出ぬ」

「なるほど」

上田聖が納得した。

「我ら藩士が藩主にいだいているのは、尊敬の念でござるな」

「……まあ、なかには金以上の打算を持っておる者もおろうがな」

酒を飲み干しながら大久保典膳が同意した。

「…………」

苦い笑いを上田聖が浮かべた。黒田家もご多分に漏《も》れず、藩政の方向を巡ってお家騒動を起こしていた。

「どれだか、まだわかっておらぬのか、それともごまかしておるのか。衛悟、一度考えてみることだ」

「……はい」

衛悟は頭をさげた。

数日後、上田聖は小荷駄《こにだ》隊を率いて福岡へと旅立っていった。公用でしかも足軽たちを率いての出立《しゅったつ》である。衛悟は上田聖を遠くから見送るしかできなかった。師である大久保典膳以上に、衛悟は上田聖を頼りにしていた。同門の剣友とは、なにかにつけて相談のできる相手であった。衛悟は、たいせつな支えを一つ失った。

「無事にな」

友の旅路が平穏であることを衛悟は心から祈った。

二

併右衛門は家基の死を調べていったなかで、医師の診療録が残された理由を考えていた。

将軍並びにその家族を診《み》る奥医師は、二百俵高、番入りすれば役料百俵が与えられた。代々世襲を旨《むね》としていたが、医術の低下を防ぐため、町医で有能な者をお目見え医師として採用し、実績を積ませたうえで、奥医師に登用することもあった。

「この書付を書いたのは、町医出の安藤準芳《あんどうじゅんほう》とされている。安藤は、こののち奥医師へ出世、三年後に死んでいる。屋敷に押し入った盗賊と争ってとあるが、口封じだろう」

奥右筆部屋には、一度でも幕府とかかわりのあった者の行く末まで残されていた。

「家基さまを安藤が拝診したのは、許しがでたからだ」

安藤はまだこのときお目見え医師でしかなかった。お目見え医師に推薦されるほどであるから、腕はたしかだったのだろう。

「許しを出したのは……典医の総まとめ役である典薬頭《てんやくのかみ》の一つ、今大路《いまおうじ》」

併右衛門はつぶやいた。

幕府にかかわる医師すべてを統轄《とうかつ》しているのが、典薬頭であった。代々、半井《なからい》家と今大路家による世襲であった。

今大路家は佐々木《ささき》源氏《げんじ》の分かれだという。初代正盛《まさもり》は十歳で相国寺《しょうこくじ》の喝喰《かつしき》となった。後、関東へ下向し足利学校でも学んだ。続いて明人導道《どうどう》の門下となり、医学を身につけた。

このころ曲直瀬《まなせ》等皓《とうこく》と改称し、天文《てんぶん》十年（一五四一）、足利義輝《よしてる》の知遇を得、細川《ほそかわ》晴元《はるもと》、三好《みよし》長慶《ながよし》らの治療をおこなった。天正《てんしょう》二年（一五七四）には、正親町《おおぎまち》天皇に召され、翠竹院《すいちくいん》の号をたまわるなど、名医としての名が天下に轟いた。

徳川に仕えたのは、正盛の息子正紹《まさつぐ》からである。父のあとを継いで天皇の侍医をしていた正紹は、豊臣秀吉《とよとみひでよし》に抱えられ、五百石を与えられた。そののち豊臣秀次《ひでつぐ》へつけられ、秀次改易とともに佐竹《さたけ》家お預けとなったりしたが、後陽成《ごようぜい》天皇から召還されて京へ戻り、家康と対面した。

今大路と名のったのは三代親清《ちかきよ》からである。わずか十六歳で典薬頭となり、昇殿を許された親清は後陽成院の診察をおこない、橘《たちばな》の姓と今大路の名のりを賜《たまわ》った。

現在の当主、正庸《まさつね》は十一代目に当たる。

「家基さまご逝去のおりに当主であったのは九代目正福《まさふく》か。明和《めいわ》四年（一七六七）に家督を継ぎ、安永《あんえい》五年（一七七六）に典薬頭、そのあとの記載がまったくなく、寛政《かんせい》五年（一七九三）死去とだけ……これもみょうな」

諸家譜を読んでいた併右衛門は首をかしげた。

「十代将軍家治さまは、お身体がご丈夫ではなかった。なにより家基さまを失ってからは病に伏されることが多く、医師の診察も毎日のようであった」

典薬頭が代々世襲となったことで、医術の腕を失い、飾りとなってしまったことくらい併右衛門は理解していた。それでも将軍に何かあれば、脈を取らないわけはなく、よくなったとすれば、なによりの功労として、褒賞《ほうしょう》される。それがなんの記載もない。続いてあとを継いだ十代親興《ちかおき》にいたっては、家督相続をしたにもかかわらず、典薬頭への任官はなく、生涯無官で終わっていた。

「なにやらありそうじゃな」

併右衛門はうなった。

今大路家は千二百石と禄《ろく》は少ないが、将軍の脈を取ることで格は高く寄合席《よりあいせき》であった。地位からいけば、立花家を大きく凌駕していた。

「誰ぞに調べさせるか。まさか、儂《わし》が仮病を使って今大路の診察を受けるわけにもいかぬでな。薬料が高すぎる」

大きく併右衛門は嘆息した。

将軍家の奥医師たちに与えられる禄は少ない。それを補うのが、江戸城外での治療であった。

どの医師も屋敷で医業をおこなっていた。

将軍の典医となれば、天下の名医であるとのお墨付きをもらったようなものだ。治療を願う者は大勢いた。

求める者がいれば、価値はあがる。

奥医師たちの薬料は、世間の常識をはるかにこえていた。

「堀田加賀守《ほったかがのかみ》どのは、千両支払ったという」

三代将軍家光の寵臣《ちょうしん》だった堀田加賀守正盛は、体調を崩したとき、典医狩野玄竹《かのうげんちく》の往診を受けた。病は回復し、感謝した堀田加賀守は狩野へじつに千両もの礼を渡している。

ここまで極端なのは珍しいとはいえ、通常奥医師の往診は、一回三両が相場とされていた。ほかにも駕籠《かご》代、弁当代などを支払うのも慣例となっている。一度呼んだだけで五両近い金が吹き飛んだ。それが奥医師の統轄、典薬頭今大路ともなれば桁《けた》が違ってくる。

「どうみても今大路家へ下された罰にしか見えぬが……」

併右衛門は諸家譜を所定の場所へと返した。

「あまり長居もできぬな」

奥右筆組頭は多忙である。いつまでも書庫に籠《こ》もって仕事をないがしろにすることはできなかった。

「まずは目の前の仕事を片づけなければな」

立ちあがった併右衛門は、階段を降りた。

同役加藤仁左衛門に押しつけるわけにもいかず、不在中の仕事まできっちり片づけた併右衛門が、江戸城を出たのは暮れ六つ半（午後七時ごろ）を回っていた。すでに外桜田門の扉は閉められていた。併右衛門は脇門から出て来た。

「待たせたの」

「少々」

衛悟は正直に応えた。

「一刻（約二時間）近くか。詫びをせねばならぬな。今日も夕餉《ゆうげ》を喰《く》っていけ」

併右衛門が言った。

「馳走《ちそう》になりまする」

好意を衛悟は受けた。

「あれは、田村どのか」

衛悟の後ろを歩いていた併右衛門が、うつむき加減で近づいてくる田村一郎兵衛を見つけた。

「田村どの」

「……これは、立花さまか」

顔をあげて田村一郎兵衛が確認した。

「このように遅くまで、留守居役《るすいやく》というのもなかなかにたいへんでございまするな」

併右衛門がねぎらった。

「いや、立花さまこそ、奥右筆組頭という余人に替えがたいお役目、ご心労お察しもうしあげまする」

田村一郎兵衛が手を振った。

「相変わらずご多忙じゃな」

門限を過ぎても忙しそうな田村一郎兵衛を併右衛門がねぎらった。

「さしたることではございませぬ。どこども留守居とはこのようなもので」

首を振って田村一郎兵衛が否定した。

「ならばよろしゅうございまするが……」

一度併右衛門が言葉を切った。

「お大事ないならば、一つ教えてくださらぬか」

併右衛門が訊いた。

「なんでございましょう」

つとめて明るく田村一郎兵衛が応じた。

「今大路どのとお会いになったことはござろうか」

「典薬頭さまの、今大路さまでございまするか」

「さようでござる」

田村一郎兵衛の確認に併右衛門は首肯した。

「存じあげておりまするが、薬料は相当に……また御紹介もなかなかに……」

はっきりしたことを田村一郎兵衛は言わなかった。

「それはけっこうでござる」

併右衛門は苦笑した。代々世襲の典薬頭で、千二百石を給されているのだ。いわば医師のなかの医師である。奥右筆とはいえ、一旗本にすぎない併右衛門の脈などそう簡単に許されるはずもなかった。

「御当代はお若いようでござるな」

「人物でござるか」

言われて田村一郎兵衛も笑った。

「続けて当主が亡くなられたというのもありましょうが……一言で申しあげれば、おとなしい御仁《ごじん》でございまする」

最後まで田村一郎兵衛は言わなかった。

「いや、お足を止めましたな。かたじけのうございました」

ていねいに併右衛門は頭をさげた。

「お役に立てましたならば。では、これにて」

挨拶《あいさつ》を返して田村一郎兵衛は去っていった。

「……………」

じっと田村一郎兵衛の背中を見ている衛悟へ、併右衛門が声をかけた。

「どうかしたのか」

「……あの御仁、まえに冥府防人から追われていたのでは」

「そういえば、なにかに怯《おび》えておったの」

衛悟に言われて併右衛門も思いだした。

「あの男に狙われて、生きている……どうみても武術の心得のない御仁が」

「ふうむ。言われてみればそうだの」

併右衛門も首をかしげた。

「和解でもしたか」

「仲直りをするような男ではございませぬ」

強く衛悟は首を振った。

「となると……」

「あの御仁を狙う理由が消えた」

「だとしても、そのまま見逃すか。一度敵対した者は、いつまた敵に回らぬともかぎらぬ」

「あやつは冷酷でございまするが、無駄に人を殺すことはございませぬ」

何度となく見逃されているのだ。これだけは衛悟の確信であった。

「そなたが言うならば、そうなのだろうが……」

併右衛門はまだ納得していなかった。

「とにかく戻りましょう。人気もなくなっておりますれば」

武家の門限は暮れ六つ（午後六時ごろ）と決まっていた。武家屋敷の多い外桜田《そとさくらだ》から、麻布《あざぶ》箪笥町《たんすまち》あたりは、日が暮れるとめっきり人の姿が消えた。

「そうだな」

うなずいた併右衛門は歩きだした。

「あやつか」

去っていった二人の後ろに、二人の僧侶が現れた。

「年老いた方が、奥右筆組頭、そして若いのは、護衛役の柊衛悟」

言ったのは、海里坊《かいり》であった。

「どう見た」

もう一人海仙坊《かいせん》が問うた。

「かなり遣う」

「だの。あの足運びはなかなかじゃ」

海里坊と海仙坊が顔を見あわせた。

「相手せずにすめばいいのだが」

「だの。それも御仏《みほとけ》のおぼしめしよ」

二人が併右衛門たちのあとを追い始めた。


太田家上屋敷へ戻った田村一郎兵衛は、まず主《あるじ》へと目通りを願った。

「遅かったの」

老中太田備中守資愛《びっちゅうのかみすけよし》が、寵臣へと声をかけた。

「山内《やまのうち》さま御留守居どのと会っておりました」

留守居役は幕府や他藩との交渉ごとを任とする。老中の留守居役ともなると、面会を求めてくる者が山ほどいた。

「土佐の山内か。何用じゃ」

「大坂湊《みなと》の堤防修復お手伝い普請のことで」

「あれか」

すぐに太田備中守は思いあたった。

大坂は幕府の天領である。また米相場の中心地として、幕府の経済を大きく支える場所でもあった。その大坂の湊に破損がでた。

船着き場の堤防の一部が、大風をうけて壊れたのだ。

西国からの米を受けいれる湊の修復は、急務であった。放置していると、大坂へ米が集まらず、相場に大きな影響が出た。

幕府はただちに目付を派遣し、修繕の見積もりを出させた。残るはどこの大名へ、その修復を命じるかであった。

堤防の修復には手間がかかった。

まず水を排除することから始めなければならない。そのために使う人足だけでも、相当な数が必要であった。

「たしかに、大坂湊を土佐は参勤交代でも使っているな。工事を押しつけられても文句は言えぬな」

太田備中守が小さく笑った。

「四国には、山内以外にも蜂須賀《はちすか》がある。それに薩摩《さつま》も、毛利《もうり》も大坂とは縁が深い。どこに任せようかと考えていたが……一郎兵衛」

太田備中守が田村一郎兵衛を見た。

「山内さまより、これを殿へと預かって参りましてございまする」

田村一郎兵衛が、懐《ふところ》から小さな掛け軸を取りだした。

「茶室掛けになっておるそうでございまするが」

掛け軸を渡しながら、田村一郎兵衛が述べた。茶室掛けとは普通の掛け軸に比べて、小さめにつくられたもののことである。

「……ほう。これが利休《りきゅう》の書か」

満足そうに太田備中守がうなずいた。

「一郎兵衛、お手伝い普請から山内を外す。そう教えてやれ」

「承知いたしましてございまする」

「他にはないか」

持ち帰った仕事へと太田備中守が入りかけた。

「さきほど奥右筆組頭の立花と出会いましてございまする」

「奥右筆組頭だと」

開きかけていた書付を太田備中守は置いた。

「はい。今大路家について聞かれましてございまする」

「今大路か。気づいたか」

太田備中守がつぶやいた。

「家基さまのこととなれば、かならず奥医師の話は出て参りましょう」

「となれば、うまくいったとなるか」

「おそらく。奥右筆組頭は、今大路家へ目を付けましょう」

「今大路家など、小物だが餌《えさ》にするにはちょうどよい相手であったな。奥右筆が気づけば、松平越中守へ伝わる。何一つ己だけが知らされていなかったことを知ったとき、松平越中守はどうするであろうな。上様への不信を募らせることになろう。さすれば君臣の間に溝ができ、松平越中守は江戸城から追いだされる。越中守さえいなくなれば、政《まつりごと》に興味をお持ちでない上様など、余の思うまま」

小さく太田備中守が笑った。

「医師にこだわっていてくれれば、それでいい。なかなか報告の上がってこない内容に、松平越中守が焦《じ》れてくれれば上出来よ。焦《あせ》った越中が、上様へ馬鹿をしでかしてくれれば……」

「馬鹿と申しますると」

田村一郎兵衛が問うた。

「そなたには知るための権がない」

冷たく太田備中守が切ってすてた。

「申しわけございませぬ」

機嫌の悪くなった主に、あわてて田村一郎兵衛が詫びた。

「よい」

太田備中守が許した。

「一郎兵衛」

「はっ」

呼びかけられた田村一郎兵衛が、姿勢を正した。

「奥右筆組頭から目を離すな。どこへ行き誰と会ったかをしっかり調べておけ。要りような手配は、そなたに任せる」

「承知いたしましてございまする」

田村一郎兵衛が平伏した。

藩主の前から下がった田村一郎兵衛は、おのれの長屋で大きくため息をついた。

「ふうう」

上屋敷に長屋を与えられていることでもわかるように、太田家で田村一郎兵衛の家格は高かった。

「疲れがたまるようになってきたの。そろそろ妻でも娶《めと》り、子でもなすか」

妾《めかけ》を抱えてはいたが、田村一郎兵衛は独り身であった。縁談を勧めてくる者は多かったが、役目繁忙を理由に田村一郎兵衛は断り続けていた。

「妻などしがらみだけだと思っていたが……」

若党に着替えの手伝いをさせながら、田村一郎兵衛は考えた。

「夕餉は要らぬ」

常着へと着替えた田村一郎兵衛が、若党を下がらせた。

「女の肌身が恋しいの。かといって、今から屋敷を出ていくのも面倒じゃ」

独りごちた田村一郎兵衛が、凍りついた。いつのまにか、部屋の隅に黒々とした影がうずくまっていた。

「騒ぐなよ」

「ひっ」

声を聞いた田村一郎兵衛が小さく悲鳴をあげた。

「若党を殺したいのか」

影が忠告した。

「…………」

あわてて田村一郎兵衛が、己の口を押さえた。

「なかなかの屋敷ではないか」

田村一郎兵衛の背後へ、現れたのは冥府防人であった。

「な、何用でござろう」

震えながら田村一郎兵衛が訊いた。

「話を聞かせてもらおう。何についてかは、言わずともわかろうな」

冥府防人が田村一郎兵衛へ命じた。

「……わかった」

田村一郎兵衛がすべてを語った。

冥府防人と田村一郎兵衛は一度敵対していた。一橋治済の手足を奪いたいと考えた水戸家と太田備中守は手を組んだ。田村一郎兵衛は、そのとき連絡役として、走りまわった。もっともすぐに冥府防人の知るところとなり、田村一郎兵衛は、冥府防人の恐喝を受け、その軍門へと下った。

「ふむ。今大路に目を付けたか。悪くないな。さすがは奥右筆組頭というところか」

聞き終わった冥府防人が、感心した。

「で、どうするつもりだ」

「いまのところは、なにも」

田村一郎兵衛が首を振った。

「家基のことは、御前さまへ飛び火するやも知れぬ。それを承知で始めたのだろう。最後まで策を立ててあるのではないのか」

「殿のお心のなかじゃ。そこまでは、わからぬ」

「それもそうだの。互いに駒でしかない。駒に盤の上全部を掌握《しょうあく》せよといったところで無理な話だ。駒は命じられたことをするだけしかできぬ。駒に責任は取れぬ。それにきさまが用意できるていどの者では、奥右筆の盾を破ることなどできぬであろうしの」

「えっ」

言い残して冥府防人の圧迫が消えた。

「……行ったか」

腰が砕けたかのように、田村一郎兵衛が崩れた。

三

一橋治済は、お静の方を抱いていた。お静の方は回船問屋伊丹屋の娘で、屋敷へ奉公へあがっていたのに手をつけ、側室としていた。

娘が一橋治済の側妾となったことを利用して、伊丹屋は幕府へ食いこみ、店をかなり大きくすることに成功していた。さらに、先祖が武家だった伊丹屋は、娘が産んだ子供を将軍とするべく、いろいろと策動していた。

「お館さま、お子を。お子を」

強く一橋治済に抱きついたお静の方が、大きくのけぞって力尽きた。

「お始末を」

ことを終えた一橋治済の股間へ、添い寝の中﨟が手を伸ばした。

「うむ」

お静の方から降りて、一橋治済が仰向けになった。

「ご無礼を」

中臈が和紙で一橋治済の股間を拭《ぬぐ》った。

「痛いぞ」

和紙の揉《も》みようがたりなかったのか、一橋治済は眉《まゆ》をひそめた。

「も、申しわけございませぬ」

跳び下がって中臈が詫びた。

「もうよい」

寝間着を乱れさせたまま、一橋治済は立ちあがった。

「お許しを」

中臈が真っ青になった。

「ふん」

一橋治済は、奥にある御休息の間を出て、廊下を進んだ。

「絹」

もっとも小さな部屋の前で、一橋治済が立ち止まった。

「お出でなされませ」

ゆっくりと襖《ふすま》が開かれた。

「ほう」

出迎えた絹は、まだ寝間着に着替えてさえいなかった。

「余が来るとわかっていたか」

「いいえ。ただ、お館さまが奥へお見えの折は、いつなんどきお召しがございましてもよいように控えておりまする」

絹が答えた。

「そうか」

一橋治済が絹の部屋へ入った。

絹の夜具へ横たわった一橋治済が、命じた。

「後始末をせい」

「ご無礼を」

漆塗《うるしぬ》りの手桶と綿をもって絹は、一橋治済に近づいた。

絹は水に浸した綿で、一橋治済の股間を洗った。

「あたたかいな。湯か」

「水では、お館さまのお眠気を覚ましてしまいますゆえ」

拭《ふ》きながら絹がほほえんだ。

「湯まで用意いたしていたか」

「お仕えする者の心得かと」

　絹が述べた。

「木下藤吉郎《きのしたとうきちろう》を使っていた織田信長の気持ちが少しわかった気がするわ。寒中主君の履《は》く草履《ぞうり》を懐で温める。それは、己の功績を誇るのではなく、どうして主君に嫌な思いをさせぬかという心遣《こころづか》い」

　満足げに一橋治済が語った。

「お身形《みなり》を」

　股間の始末を終えた絹が、一橋治済の寝間着を整えた。

「うむ」

　大人《おとな》しく一橋治済がなされるままになった。

「兄から報告は来たか」

「はい」

　一橋治済の帯を締め直しながら、絹が首肯した。

「太田備中守の家臣へ、奥右筆組頭が典薬頭今大路について問うたそうでございまする」

　絹が告げた。

「ほう、思いのほか早かったの」

小さく一橋治済が笑った。

「あと……」

ていねいに襟《えり》を整えながら、絹が続けた。

「城内にて越中守さまを狙ったおり、伊賀者に邪魔されたそうでございまする」

「伊賀者だと。そなたの兄を止めるほどの遣い手が、まだいたのか」

一橋治済が驚いた。

「はい。戦って勝てぬ相手ではないそうでございまするが、あまり派手なまねをするわけにはいかず、逃げかえったとのこと」

冥府防人の話を絹は伝えた。

「うむ」

うなずいて一橋治済は冥府防人の判断を認めた。

「越中守の首をそろそろ刎《は》ねてやりたいところだが、急《せ》いてし損じては意味がない。そなたの兄と越中の命では、比べものにならぬ」

「かたじけなき仰せ」

深く絹が頭をさげた。

「兄には、このさき家斉を護《まも》っているお庭番を片づけてもらわねばならぬでな」

「……はい」

絹が首を縦に振った。

「今後いかがいたしましょうや」

「そうよな。家基のことが知れれば、越中守も驚くであろう。なぜ、家基を殺したそなたの兄が、殺されずにすんでいるのか、家治がなぜ家基を殺せと命じた田沼、一橋を潰《つぶ》さずにいたか。真相を知ったとき越中はどんな顔をするのか、見物よな」

暗い笑いを一橋治済が浮かべた。

「備中の先走りと苦々しく思っておったが、案外おもしろいことになりそうじゃ。己の立つ位置が大きく崩れた松平越中守を、失意の底で死なせる。それもよかろう」

「お心のままに」

「絹」

「はい」

呼びかけられた絹が、顔をあげた。

「家基の死、その真相を知ったときは、奥右筆組頭を始末せよ。幕府の闇を知る者は、少なければ少ないほどよい」

「今大路家の当主たちのようにでございまするか」

絹が確認した。

「そうじゃ。かならず仕留めよと兄へ伝えておけ」

「承知いたしましてございまする」

ふたたび絹が頭を畳《たたみ》につけた。

「今宵《こよい》は疲れた。ここで眠るぞ」

「このようなみすぼらしい夜具で、お館さまにおやすみいただくわけには参りませぬ」

あわてて絹が止めた。

「かまわぬ。いまさら休息の間へ戻るのは面倒だ」

一橋治済が拒絶した。

「でございましょうが……ここでは、お付きの方もおられませぬし」

絹が諭《さと》した。

「ふん。ことはすんでいる。静は局《つぼね》へ戻っておろうし、休息の間で待っておるのは、冷たい中﨟だけじゃ。ここなれば、絹がすべてをしてくれよう。なにより、もっとも安全じゃ。来い」

ぐっと一橋治済が絹を引き寄せた。

「なにを……」

夜具のなかへ、絹は連れこまれた。

「安心いたせ。今宵は疲れた。なにもせぬ。ただ、眠らせてくれればよい」

一橋治済が、目を閉じた。

「お館さま」

絹が一橋治済の頭を胸へとかき抱いた。


併右衛門は、今大路家を訪れることにした。治療ではない理由を併右衛門は見いだしていた。

「ご提出の諸家譜について、お伺いいたしたきことこれあり」

奥右筆は幕政すべての書付を管轄《かんかつ》する。当然提出された書付の内容について調べるだけの権を与えられていた。

併右衛門は、今大路家へと連絡を入れた。

「ちと出て参りまする」

同役加藤仁左衛門へ断って、併右衛門は奥右筆部屋を出た。

今大路家の屋敷は日比谷御門《ひびやごもん》内にあった。

「ごめん、奥右筆組頭立花併右衛門でござる。御当主どのへお目にかかりたい」

すでに話は通じてある。すぐに併右衛門は客間へと通された。

「よくいらっしゃった」

今大路中務大輔正庸《なかつかさたいふまさつね》が、挨拶《あいさつ》をした。

「お手間を取らせまする」

役目とはいえ、身分は今大路が上である。併右衛門はていねいに頭をさげた。

「お役目ご苦労に存ずる。なにか、当家の出した書付に不首尾でもござったのか」

世間話もなく、いきなり今大路正庸が問うた。

「さしたることではないのでござるが、一応の確認をいたさねばならぬことがございまして。お出しいただいた諸家譜によりまするると、貴家は、番方筋《ばんかたすじ》となっておりまするが、お間違えではございませぬか」

併右衛門が話を始めた。

幕府の旗本には筋というものがあった。役職についたとき、何役になるかを決めたものである。大きく分けて文筋と番筋の二つであるが、それをさらに細分したものもあった。

　併右衛門は文筋であり、衛悟の実家柊家は番筋になる。文筋には、奥右筆や勘定方など、事務を取り扱う役目が含まれ、番方は大番組《おおばんぐみ》や目付《めつけ》、書院番《しょいんばん》など武をもって仕えた。

「これは奥右筆組頭どのとも思えぬことを」

　今大路正庸が、驚いた。

「医師とはもともと戦場へお供いたしたもの。刀傷などを治療した金創《きんそう》医などよい例でござる。戦《いくさ》にかかわった者が番筋でどこがおかしかろうか。代々今大路家は番筋として上様へお仕えいたしております」

「さようでござったか。なにぶん戦が終わって百年をこえますれば、伝わりきっておらぬこともございまする。いや、お手数をおかけ申した」

　頭をさげて併右衛門が詫びた。

　もちろん併右衛門は今大路家が番筋である理由を知っていた。これは、今大路の当主と会うための方便であった。

「いや。お役目でござろう。お答えして当然である」

　鷹揚《おうよう》に今大路正庸が手を振った。

「これで御用は終了かの」

早く帰れとばかりに、今大路正庸が腰を浮かせた。

「お役目というわけではござらぬが、あといくつかお伺いいたしたい」

併右衛門は質問を続けた。

「なんでござる」

今大路正庸が、不満そうに腰を落とした。

「お血筋が途絶えておりまするな」

「そのようなこと、珍しくもございますまい。どこの家でも養子をとることはしておりましょう。大名衆でも、やっておりますぞ」

訊かれた今大路正庸が、あわてて言いわけした。

今大路家は初代から九代続けて血筋があとを継いでいた。血筋が途絶えたのは、まさに家基が殺されたとき典薬頭であった九代正福のときだ。寛政五年（一七九三）、四十三歳で死去した正福には跡継ぎがなく、根来喜内《ねごろきない》の四男を養子として十代を継がせた。その十代親興は家督を継いでわずか一年で死亡、当代正庸が山高《やまたか》家より入って十一代今大路中務大輔となっていた。

「お血筋が絶えたのは、九代正福どのがおり」

「それがどうかいたしたか」

　今大路正庸が、うそぶいた。

「十代家治さまのご嫡男、家基さまがお亡くなりになったとき、正福どのが、典薬頭でござった」

「……………」

　併右衛門の言葉に、今大路正庸が黙った。

「こちらには、御上へ納められていない診療録がございましょう。一度拝見できませぬか」

　問い詰めずに、併右衛門は話を替えた。

「たしかにござるが、御上にかかわるものは、すべてあげてござる。手元に残してあるのは、大名方や神官僧侶など、今大路家が独自で診察いたせしものでござる。患家の秘密でもござれば、余人にお見せすることはできぬ」

　毅然《きぜん》と今大路正庸が拒絶した。

　正論であった。

「いたしかたござらぬ」

　併右衛門は引き下がらざるを得なかった。

「では、御上にかかわることならば、お出しいただけましょうな」

きっちり併右衛門は逆手に取った。

「家基さまにかかわる書付をお渡しいただきましょう」

「……うっ」

迫られた今大路正庸が詰まった。

老練な役人である併右衛門に対し、まだ三十歳になっていない若い今大路正庸では、格が違った。

「さあ」

「そのようなものはない」

今大路正庸が首を振った。

「おもしろいことを言われる。典薬頭が、十代さまのご嫡男、西の丸に入られて十一代さまと称されていた家基さまのご病床を記録していないと。お役目不十分でござるな。この旨、お目付さまへ申しあげるとしよう。では、御免」

今度は併右衛門が腰をあげかけた。家康からの典薬頭といえども、目付に睨《にら》まれればそれまでであった。役目怠慢となれば、評定所《ひょうじょうしょ》へ呼びだされ、よくて閉門、下手すれば改易になりかねない。

「ま、待たれよ」

あわてて今大路正庸が止めた。

「御用繁多でござる」

冷たく併右衛門は、今大路正庸を見おろした。

「な、なにとぞ」

今大路正庸が、すがった。

こうなれば、併右衛門の思いどおりであった。

「では、お出しになられるのだな」

「……それは」

まだ今大路正庸がしぶった。

「どうだと言われるか」

併右衛門は迫った。

「私家用につくられたものでござれば、御上にお出しするにはあまりにみすぼらしく。清書いたしたうえで、後日提出させていただくということにさせていただきたい」

今大路正庸が拒んだ。

「清書なさる。いや、天晴《あっぱ》れなお考えでござる。ということは、家基さまのご記録はお手元にあるのでございまするな」

「ござる」

「では、書式など正しいか、拙者が確認をいたしましょう」

奥右筆は書付の専門家である。大名家からの問いあわせに応じて、書付を点検することもある。そうしてもらうお礼も、奥右筆の貴重な収入の一つであった。

「大丈夫でござる。書付には精通してござるゆえ」

「それは、奥右筆が不要だとの意でございますか」

ぐっと併右衛門は迫った。

目付同様奥右筆に睨《にら》まれれば、大名旗本はやっていけなかった。奥右筆に旗本を罰する権はないが、書付を遅らせることはできた。相続の書付の処理を放置されれば、当主の死亡後まで跡継ぎの届けを止められ、末期養子《まつご》の形にされることもあった。八代将軍吉宗の政策で末期養子は認められるようになったとはいえ、無事の相続が許されるとはかぎらなかった。

「そのようなことは」

若い今大路正庸は、しどろもどろとなった。

「拝見できましょうな」

「……しばらくお待ちを」

肩を落として今大路正庸が、客間から出ていった。

「どうするかの」

茶さえ出されていない客間で、併右衛門は待った。

かなりのときを費やして、ようやく今大路正庸が戻って来た。

「これでござる」

数枚の書付を今大路正庸が、差し出した。

「拝見つかまつる」

姿勢を正して、併右衛門は書付を受けとった。

書付は全部で三枚あった。最初の二枚は、家基が幼少から死去するまでに罹患《りかん》した疾病について記されていた。安永五年（一七七六）三月にかかった麻疹についても、詳細な記載がなされていた。

「…………」

併右衛門は、一枚一枚をていねいに確認していった。いや、確認する振りをしていた。必要なのは、死去のくだりだけなのだ。それを悟られぬよう、わざと最初の二枚に手間をかけた。

二枚を見終わって、併右衛門は目的の三枚目を読んだ。

「これは……」

思わず併右衛門は声を漏らした。

「なにかござるか」

今大路正庸が問うた。

「たいしたことではござらぬ。なに、ここの文字が、ちと読みにくかっただけで」

併右衛門はごまかしながら三枚目を精査した。目の悪い振りをして併右衛門は、書付を顔に近づけ匂いを嗅《か》いだ。

「これですべてでござるか」

「さようでござる」

目をそらしながら今大路正庸が答えた。

「とくに手を入れる部分も見あたらぬようでござる。このまま清書なされるがよろしかろう」

書付を返しながら併右衛門は述べた。

「かたじけない」

奥右筆の指導を受けたのである。今大路正庸が礼を口にした。

「では、お邪魔いたした」

併右衛門は、今大路の屋敷をあとにした。

四

いつものように屋敷へ帰った併右衛門は、辞去する衛悟を引き止めた。

「夕餉を喰《く》って行けとは言わぬ。あまり頻繁《ひんぱん》にやると、兄嫁どのの気に触ろう。かわりに、瑞紀、なにか土産《みやげ》を用意してやれ」

出迎えに来ていた娘へ、併右衛門が言った。

「お土産でございまするか。なにか見つくろって参りましょう」

小走りに瑞紀が台所へと引っこんだ。

「玄関で悪いが……」

「けっこうでございまする」

衛悟は首を振った。

貧乏旗本の厄介叔父《やっかいおじ》である。台所脇の板の間が居室なのだ。衛悟にしてみれば、立花家の供待《ともま》ちは、畳もあり、居心地がよかった。

「じつはの」

今大路家であったことを併右衛門は語った。

「どう思う、おぬしは」

併右衛門が問うた。

「書付を見せることを執拗《しつよう》に拒んでおきながら、出すとなればときをかける。つごうの悪いところを隠した」

「隠すというより、改竄《かいざん》したのだろうな。真新しい墨の匂いがしたわ」

衛悟の言葉に、併右衛門はうなずきながらつけ加えた。

「墨の匂い……家基さまの診療録をいじくったと」

「おそらくな。それとやはり足りぬわ。今大路め、儂を舐《な》めてかかってくれたようでな、奥右筆部屋の書庫に残された診療録に記されている部分が欠けていた」

併右衛門が苦笑した。

「欠けていた……」

「家基さまがお亡くなりになったとき、御逸物《おいちもつ》が天を指してそそり立っていたというところが、なかったわ」

「御逸物がでござるか」

みょうな顔を衛悟はした。

「ああ。前も申したであろう。斑猫《はんみょう》の毒を盛られた者の特徴だそうだ。高熱とともにな」

「斑猫の毒とは」

衛悟が訊いた。

「知らぬのも無理はない。とりかぶとの毒とともに、昔から人を殺《あや》めるのに使われた毒でな。斑猫という虫から摂《と》る」

「あの緑色の……」

柊家の庭でも斑猫は見られた。

「であろうか。儂も薬までは知らぬ。名前を聞きかじったていどゆえな」

併右衛門もわからないと言った。

「あんな小虫に、それほどの毒が。子供のころ捕まえて遊んだのでございまするが、よくぞ死ななかったもので」

小さく衛悟が震えた。

「触っただけで死ぬわけなかろう。そんなに危険なものであれば、御上が見すごすはずはない。上様がご散策される吹上《ふきあげ》お庭にも斑猫はおろうからな」

怯《おび》えるなと併右衛門が叱《しか》った。

「はあ」

「それよりも、この話を松平越中守さまへ報《しら》せるかどうかだ」

「報せるべきでございましょう」

すぐに衛悟は告げた。

「たしかに、おぬしの言うとおりなのだが、このまま話していいものかどうか、迷うのだ。今大路家がかかわっていることを述べれば、まちがいなく越中守さまは、手を出されよう」

「でございましょう」

衛悟も同意した。

「一つひっかかるのだ」

「なにでございましょう」

併右衛門へ、衛悟は水を向けた。

「越中守さまが、将軍を継げる御三卿の田安家から、白河へ養子へ出されたのが、安永三年（一七七四）、そして家基さまがお亡くなりになったのは安永八年（一七七九）。五年もの差がある」

しっかり松平定信の経歴も併右衛門は覚えていた。

「五年、長うございまするな」

「安永三年、家基さまは御具足始《ごぐそくはじ》めをなさった」

御具足始めとは、武家の子供が十二、三歳になったころにおこなう儀式である。御具足始めを終えれば、一人前の武将として戦場へいくことができた。

戦場のなくなった泰平の世では、武家で元服に次いで重要な初陣の代わりとされるほど、大きな節目であった。

「武家の統領となるには、御具足始めをすまさねばならぬ」

「逆に言えば、御具足始めを終えれば、跡継ぎとして立つことができる」

併右衛門の意図をしっかり衛悟はくみとった。

「松平定信さまが、家基さまのお亡くなりになられる五年も前に、将軍継嗣《けいし》となれぬ立場へ落とされた。ここにある意味を見つけねば、家基さまが害された真相は出てこぬのではないか」

「中途半端な報告は、かえってよくないと」

「うむ。だが、これ以上は儂の手に余るのもたしかだ」

書付に万能とはいえ、奥右筆組頭は目付ではない。疑わしいと思っても無理矢理手を入れることはできなかった。

「家基さまは、吉宗さまの再来といわれたほどのお方だったそうだ」

併右衛門は直接家基と会ったことはなかったが、噂は聞いていた。身体の虚弱な父家治と比して、体軀《たいく》も大きく丈夫な家基は、曾祖父吉宗のように城の外へ出ることを好み、鷹狩りをよくおこなっていた。また、馬術にもつうじ、剣術でもなかなかの腕前を披露していた。さらに勉学にも熱心で、林大学頭《はやしだいがくのかみ》をして、神童と言わしめたほどであった。

「噂だが、家基さまは田沼主殿頭《とのものかみ》さまの施政に反対なされていたそうだ。金を使うのではなく、武家は質素に倹約し、四民の手本とならねばならぬ。家基さまのお考えは、印旛沼《いんばぬま》干拓で十数万両を費やした田沼主殿頭さまへの痛烈な批判になる。真贋《しんがん》はわからぬが……家基さまは、将軍となられたならば、田沼さまを罷免《ひめん》すると公言なされていたそうだ」

「田沼さまを」

衛悟は驚いた。部屋住みのしかも子供でしかなかった衛悟でさえ、田沼主殿頭の権がどれほど強かったかは知っていた。

「そこらあたりに、因はあるのだろうがな。だけに、儂では手出しができぬ。かといって越中守さまへ、渡してしまえば、蚊帳《かや》の外になる。中途半端な状況で、あるていど秘事を知ってしまった今のような形はまずい」

　併右衛門が苦渋の顔を見せた。

「もっともよいのは、何も知らぬこと。次がすべてを知ること。中途半端が一番まずい」

「はあ。しかし、どうやって」

　衛悟は首をかしげた。

「だからこそ、今大路を突いて見たのだ。今大路の当主は若い。衛悟とあまり変わらぬであろう。おそらく何もせぬという選択はとれまい。かならず誰かに相談する。そこからなんらかの動きがつかめよう」

「囮《おとり》になられたのか」

　誘い水を出したという併右衛門に衛悟は驚愕《きょうがく》した。

「しかたあるまい。このままでは、儂はもとより、そなた、そして柊家、さらには瑞紀にも影響が出る」

「ううむ」

　重さに衛悟はうめいた。

「死中に活を求めるしかないのだ。頼んだぞ、衛悟」

近づいて来る娘の足音に併右衛門が話を締めくくった。

「これをお持ち下さいませ」

瑞紀から渡された魚の干物を持って、衛悟は立花家を出た。

立花家と衛悟の実家柊家は隣同士である。門から門まで歩いたところで、五間（約九メートル）ほどしか離れていない。

重い気分で歩きだした衛悟は、背筋に氷を押しつけられたような殺気を感じて、思わず前へ跳んだ。

「おまえか」

誰何《すいか》する必要もなかった。これほど濃厚な殺気を出せる男は一人しかいなかった。

「話は終わったか」

振り返った衛悟の先で、江戸の闇が形を作った。

「冥府防人……」

手にしていた干物を捨てて、衛悟は太刀の柄《つか》を握った。

「もったいないことをするな。せっかく隣家の娘が用意してくれた土産ではないか。見ていていじらしかったぞ、どれがいいかと一枚一枚選んでいる姿はな」

冥府防人が笑った。

「くっ……」

強く衛悟は唇《くちびる》を噛《か》んだ。冥府防人はいつでも瑞紀を殺せると言ったに等しかった。

「生かしてはおけぬ」

衛悟は決断した。冥府防人を倒さなければ、己どころか瑞紀の命さえも危ないと、あらためて確信した。

「ほう」

冥府防人が目を細めた。

「おもしろいな。今日は挨拶だけのつもりだったのだが……せっかくやる気を出してくれたのだ。相手をせねば悪いよの」

忍んでいたせいか冥府防人の太刀は、いつもの長いものではなく脇差《わきざし》ほどの短いものであった。

「……………」

無言で衛悟は太刀を抜いた。

「少し変えたか、構えを」

刀の柄へ手をやることもなく、冥府防人が言った。

「おまえは楽しませてくれる。できれば、もう少し遊びたかったが、しかたないな」

冥府防人の姿がぶれた。

「くっ」

衛悟は、確認もせず太刀を薙《な》いだ。

「……いい判断だ」

切っ先ぎりぎりのところで冥府防人が止まっていた。

「おうりゃあ」

左に流れていた太刀を、衛悟は力任せに引き戻した。さきほどとは逆の軌道で太刀が走った。

「ふん」

冥府防人が跳んだ。衛悟の頭上をこえながら、刀を抜き撃った。

「はあっ」

衛悟は首を傾けて避けた。

「しゃああ」

背後へ落ちた冥府防人が、ふりむきざまに刀を突きだした。

「なんの」

おなじく身体《からだ》を回しながら、衛悟はこれを弾いた。

金属がぶつかる音と光が、江戸の夜を騒がせた。

「…………」

気合い声もなく冥府防人が押しこんできた。

「おうりゃあ」

弾かれた太刀を衛悟は引き戻し、大上段へあげた。

「遅いわ」

得物の軽さで冥府防人の疾《はや》さが勝った。

刀が、衛悟の胸へ突き刺さる寸前、冥府防人は、後ろへ大きく跳んで逃げた。

「おうりゃあああ」

直後、衛悟の太刀が冥府防人のいた場所を裂いた。

「相討ちになる気はない。きさまの代わりはいても、御前の矛《ほこ》たる吾はただ一人。価値が違う」

冥府防人が、額に汗を浮かべていた。

「御前さまより命じられたのは、まだ先のこと。いいか。これ以上踏みこむならば、娘もろとも殺す、覚悟しておけ。あと、覗《のぞ》き見している者よ。次は許さぬ」

そう言い残して冥府防人が闇へと消えた。

「瑞紀どのの安寧《あんねい》のためにも逃がすわけには行かぬ」

衛悟は、周囲を探ったが、冥府防人の気配すらつかめなかった。

「覗き見している者だと」

あらためて衛悟は後ろを見た。濃い闇だけがしずかにあった。

「誰か知らぬが、手出しをするな。あやつは鬼ぞ」

告げて、衛悟は土産を拾い、屋敷へと帰った。

周辺に残った殺気が霧散したころ、二人の僧侶が月明かりのもとへ姿を現した。

「見たか」

「あ、ああ」

二人は顔を見合わせた。

「化けものかあやつらは……」

海仙坊が、漏らした。

「我ら二人では、とても敵《かな》わぬ。お山衆の増員を進言いたさねばなるまい」

震える声で海山坊がつぶやいた。

第五章　罪の汚名

一

併右衛門に脅《おど》された今大路正庸《まさつね》は、翌日、動いた。

「お加減うかがいに参上つかまつりましてございまする」

今大路正庸が訪れたのは神田館《かんだやかた》の一橋治済《はるさだ》であった。

「よくぞ、参った」

一橋治済は、今大路正庸に脈をとらせた。

九代もの間、血脈を保ち続けた代わりに、医学の技術を失った今大路家は、九代正福の養子として医師を選んだ。典薬頭《てんやくのかみ》としてのじつを取り戻そうとしたのだ。しかし、正福の娘を娶《めと》り今大路家を継いだ親興もわずか数年で死去、やむなく十一代も養子を迎えることになった。当然、医の総本家たる今大路家の当主となるには、医術の心得がなければならぬ。と同時に千二百石の家柄を継げる者と条件がついた結果、正庸に白羽の矢が立った。正庸は、今大路家では珍しい医術に通じた当主であった。

「ご無礼を」

貴人の身体《からだ》に触れることは許されない。漢方では、手首に絹糸を巻きつけ、その先を握って脈を測る糸脈を採用していた。

「お脈滞《とどこお》りなく」

「のう正庸」

近習《きんじゅ》に糸をはずさせながら、一橋治済が訊《き》いた。

「これでわかるのか」

「も、もちろんでございまする」

今大路正庸が、首を縦に振った。

「触りもせずにわかるとは、まこと正庸は名医である」

「…………」

あからさまな嘲笑《ちょうしょう》に、今大路正庸が鼻白んだ。

「お口を拝見」

今大路正庸が、膝《ひざ》で一橋治済へ近づいた。

「一同遠慮せい」

口を開けてなかを見せる。高貴な身分のすることではないと、医師以外全員が離れる慣例であった。

「御免《ごめん》くださりませ」

間近まで来た今大路正庸へ、一橋治済がささやいた。

「奥右筆が来たそうだの」

「ど、どうしてそれを」

今大路正庸が驚愕《きょうがく》した。

「余には目も耳もあるでな」

一橋治済が笑った。

「いかがいたせばよろしゅうございましょう」

「そのままくれてやれ」

「えっ」

予想外の返答に今大路正庸が絶句した。

「そのようなまねをすれば、我が今大路家が潰《つぶ》れてしまいまする」

今大路正庸がすがった。

「大事ない。家基を殺すことは、代々の決まりじゃ。誰が咎《とが》められるものか。心配せずともよい」

一橋治済が笑った。

「しかし、九代正福と十代親興は死を賜《たまわ》りましたぞ」

「いたしかたあるまい。一人は命とはいえ将軍の嫡男へ盛る毒を作り、もう一人はそれを理由に家格の引き上げを願ったからな。いかに御遺言でも、お血筋に手出しをしたのだ。身を潜《ひそ》め、謹まねばならぬ。それを声高に手柄じゃと言いふらそうとするから、家治へ聞こえた。息子を殺されて、加増してやる親がどこにおる。せめて家治が死ぬまで知られずにすめば、家斉が手柄を認めてくれたものを」

「…………」

冷たく言われて今大路正庸が黙った。

「きさまは身のほどを知れ。本来今大路の家を継げるほどの身分ではない。それが、親興の死で手にすることができたのだ。千二百石、後生大事に抱きしめておれ」

感情のこもらない声で一橋治済が述べた。

「二度と儂《わし》の前へ顔を出すな。次はない。そなたの義祖父、舅《しゅうと》と同じ末路をたどりたくなければの。いや、たどりたくともたどれぬか。嫁がまだ月のものも見ぬようでは、子を遺《のこ》すことも叶《かな》わぬ。そなたの場合は血筋を遺すこともできぬはめになるぞ」

若死にした正福、親興だったが、かろうじて娘だけは作っていた。今大路正庸は、親興の娘のもとへ婿《むこ》入りした形で今大路を継いでいた。もっとも、婚姻《こんいん》当時五歳になったばかりの娘とでは、夫婦生活のおこないようもなく、いまだ今大路正庸は子供を作れてはいなかった。

「もしや、お館さまが、義祖父と舅を」

今大路正庸が震えた。

「要らぬ口だの」

一橋治済が睨《にら》んだ。

「ひいっ」

腰を抜かした今大路正庸が悲鳴を漏《も》らした。

「去れ」

「……は、はい」

這《は》うようにして今大路正庸が逃げていった。

「奥右筆組頭もそろそろ真実を知るころであろう。松平越中守、唯一報《しら》されていない田安の生き残り、すべてを聞いたとき、そなたは、どうするのかの。家斉を見捨てるか、それとも余を殺しにかかるか。ふふふ」

楽しそうに一橋治済が笑った。

奥右筆《おくゆうひつ》部屋は、あいかわらず書付《かきつけ》の山に埋もれていた。

「加藤どの」

「なにかの、立花どの」

忙しい職務の合間を縫って、併右衛門は同役の加藤仁左衛門へ声を掛けた。

「近々、典薬頭の今大路家より書付があがって参りまする。あれは、拙者にお任せ願いたいのだが」

「今大路家でござるか……」

じっと加藤仁左衛門が併右衛門を見た。

併右衛門も真摯《しんし》に見返した。

「よろしゅうございましょう」

加藤仁左衛門が首肯《しゅこう》した。

「一同、今大路家より参った書付は、なかを見ることなく立花どののもとへ回すように」

「承知つかまつりましてございまする」

配下である奥右筆たちが同意した。

「ご坊主衆よ」

併右衛門が、奥右筆部屋で控えている御殿坊主に呼びかけた。

「決して他言無用。漏れたときは、それ相応のことがあるとお思いあるように」

御殿坊主へ併右衛門は釘を刺した。

老中でさえ足を踏み入れられぬ奥右筆部屋に唯一在することを許されているのが、御殿坊主であった。御殿坊主は、奥右筆の作成した書付の運搬や、使い、湯茶の用意などの雑用をこなしている。老中の御用部屋に詰める御用部屋坊主についで、奥右筆部屋に配された坊主には余得が多かった。それは、殿中でもっとも多くのことを知るからであった。幕政にかかわる書付は、なんであっても奥右筆部屋を通る。ここで奥右筆の花押が入れられないかぎり、どのような法も律も発効しない。奥右筆部屋に勤める坊主は、幕府が出す新しい法や命にいち早く触れ、それを役人や大名へ流すことで、金をもらっていた。

「承りましてございまする」

二人の御殿坊主が首肯した。

三日後、今大路家からの書付が奥右筆部屋へとあげられた。

「お預かりいたす」

併右衛門は加藤仁左衛門へ断ってから、書付を預かった。

奥右筆部屋へ届けられる書付は、すべて御殿坊主の手によって運ばれる。併右衛門は、御殿坊主をじっと見た。

「…………」

すっと御殿坊主が目をそらした。

「……潰《つぶ》すぞ」

「ひっ」

御殿坊主が悲鳴をあげた。

「加藤どの」

「承知いたした。この坊主の家督相続願いは認可いたさぬこととといたそう」

声をかけられた加藤仁左衛門が同意した。

「お、お許しを」

あわてて御殿坊主が額を畳《たたみ》につけた。

「忘れろ、いいな」

「は、はい」

震えながら御殿坊主がうなずいた。

「愚か者が」

小さく併右衛門は吐《は》き捨てた。

一日の任を終えた併右衛門は、残ったいくつかの仕事と一緒に、今大路家から出された書付を持ち帰った。

外桜田門では、衛悟が待っていた。

「どうじゃ」

併右衛門は衛悟から先夜の襲撃を聞かされていた。

「今のところはなにも。もっとも、あやつは気配すらなく迫ってきますゆえ、安心はできませぬが」

衛悟は首を振った。

「うむ。急ごう」

小半刻《こはんとき》（約三〇分）ほどで二人は、立花の屋敷へ着いた。

「残ってくれ」

「承知しております。その旨《むね》兄にも申してございますれば」

「すまぬな」

永井玄蕃頭《げんばのかみ》からの縁談話のおかげで、待遇改善された衛悟の立場を悪くするとわかっている併右衛門が詫《わ》びた。

「お気になさらず。いつか養子先を斡旋《あっせん》くだされば結構でござる」

「わかっているが、終わりが来るのかどうか、わからぬのがつらいわ」

併右衛門が嘆息した。

「どうぞ」

いそいそと給仕する瑞紀を横目に、併右衛門は急いで夕餉《ゆうげ》を片づけた。食べている衛悟を尻目に、併右衛門は持ち帰ってきた今大路家の書付を読み出した。

「……なんとっ」

小さくうめいた併右衛門が、顔をあげた。

「瑞紀、少しはずしなさい」

「はい」

雰囲気で感じ取った瑞紀が、すなおに出ていった。

「喰《く》いながらでいい。給仕は己《おのれ》でしてくれ」

「そうさせていただきまする」

剣術遣いは大飯ぐらいであった。衛悟は、大きめの茶碗に五杯目のおかわりを手ずからついだ。

「今大路から書付が出された」

「出ましたか」

衛悟は箸《はし》を止めた。

「うむ。普通に見れば、なんの問題もない記録である」

「ならば、意味はなかったのでございまするか」

肩を落として衛悟が訊いた。

「いや」

ゆっくりと併右衛門が首を振った。

「裏がある」

「……裏でございまするか」

「ああ。ここにある書付はな。先日儂が今大路家で見せられたものと違うのだ」

「偽ものを出して参ったというのでございまするか。奥右筆部屋に上げられた書付は、すべて幕府へ出す公《おおやけ》なもの。それに嘘偽りがあれば、咎めがあるのは必定《ひつじょう》」

衛悟が息を呑《の》んだ。

「いや、先日儂が見せられたものが偽ものだったのだ。あれはあきらかに改竄《かいざん》されていた。これは、あらたに書き起こされたものゆえ、紙も墨も新しいのは当然だが、どうやら本物の写しらしい」

「真実だと」

「おそらくな。書かれているのは今大路にとってつごうの悪いことだからな」

ふたたび併右衛門は書付へ目を落とした。

「つごうの悪いと言われますると」

「今大路家が潰れても不思議ではないことよ」

「嘘をついても潰される。真実を話しても潰される。ならば、ばれないほうにかけて、嘘をつくのが普通ではございませぬか」

わからぬと衛悟が首をかしげた。

「そうだ。しかし、今大路は、真実をさらけだした。なぜか。たぶん、知られたところで、潰されることはないと踏んだか、誰かが保証したか。今の当主は若い。己で氷の上を渡るほどの度胸はなさそうに見えた。となれば、大事ないと今大路に告げた、いや、そのまま出せと圧迫した者がおると考えるべき」

併右衛門が意見を述べた。

「何者でござろう」

「わからぬ。だが、今大路を動かすだけの力を持っておるのはたしか」

「あの御前と言っていた……」

「おそらくな。なにより、他にいては、困る。敵が増えるではないか」

苦い顔を併右衛門がした。

「冥府防人が出て来たのは、御前の命」

「だろうな」

衛悟の言葉に併右衛門も同意した。

「……いかがいたしましょうぞ」

かつて御前の力を思いしらされている。衛悟が唾《つば》を飲んだ。

「越中《えっちゅうのかみ》守さまを頼るしかなかろう」

「よろしいのでございまするか」

越中守が完全な味方ではないと、衛悟も知っていた。

「頼るというより、矛《ほこ》に使わせていただこうと思う」

「盾《たて》ではなく矛……越中守さまから御前へ攻勢を……」

「うむ。盾として頼むには、かなり越中守さまは不安だからな」

併右衛門は松平定信の庇護《ひご》を信用していなかった。

「では、どのように」

「今から越中守さまの屋敷へ参る。そこですべてを話す。そなたは外で待っていてくれ」

「ご一緒せずともよろしいので」

衛悟が危惧《きぐ》した。

「屋敷のなかで奥右筆を殺すほど、越中守さまは愚かではない。どこで誰が見ているかもわからぬうえ、藩士といえどもすべてが越中守さまに忠誠を誓っているわけではない。血筋を無視して無理矢理養子に入りこんだと、思っている家臣もおろうからの。ものごとの表裏とはそういうものよ」

松平定信の目からみれば、無理強いされた養子でも、代々の家臣から見ると血筋の簒奪《さんだつ》にしか見えなくもない。併右衛門は白河藩も一枚岩ではないと話した。

「奥右筆を殺して無事ですむはずはないからな」

「……承知いたしましてございまする。拙者は、屋敷の外でお待ち申しあげましょう」

併右衛門の意見に衛悟は首肯した。

「では、供を頼む」

「はい」

手をたたいて併右衛門が、娘を呼んだ。

「衛悟と二人でて参る」

「これからでございまするか」

瑞紀が驚愕した。すでに五つ（午後八時ごろ）を回っている。他家を訪れるにしても、いささか遅い時間であった。

「御用の筋じゃ。で、瑞紀、柊へ衛悟を遅くまで借りるとの挨拶《あいさつ》をな」

「それはよろしゅうございまするが、お帰りは……」

不安そうに瑞紀が問うた。

「今宵《こよい》中に戻れると思うが……明日までに帰らなければ、飯田町《いいだまち》の大宮、母が実家を頼れ」

併右衛門が告げた。

「父上さま」

瑞紀がすがるような目で見た。

「案ずるな。儂には衛悟がついておる」

娘の肩へ併右衛門が手を置いた。

「ご懸念あるな。かならず立花どのを無事に連れて戻りまするゆえ」

はっきりと衛悟は言った。

「衛悟さま。なにとぞお願い申しあげまする」

畳に手をつく瑞紀を残して、二人は屋敷を出た。

麻布《あざぶ》箪笥町《たんすまち》から松平定信の上屋敷のある八丁堀《はっちょうぼり》までは、そう遠くはない。半刻ほどで、二人は上屋敷の門前についた。

「お気を付けて」

「儂より、そなたじゃ。そなた一人なら、消し去ったところで、なんとでもできる」

「…………」

併右衛門の身ばかり心配していた衛悟は、己も危ないことにようやく気づいた。

「そうだ。そなたがいなくなれば、儂をどうにかすることなどたやすい。用件をすませて屋敷を出てしまえば、襲われても、越中守さまには関係ないと言える。そなたが無事に残ってくれねば、儂は生きて屋敷へ帰ることはかなわぬ」

「……はい」

うなずいて衛悟は、太刀の目釘《めくぎ》を確認した。

「では、行ってくる」

ぐっと衛悟を一瞥《いちべつ》して、併右衛門は白河藩松平家上屋敷の潜り戸《くぐど》を叩《たた》いた。

「…………」

すぐに潜り戸が開き、併右衛門はなかへと吸いこまれていった。

見送った衛悟は、表門を見渡せる向かい側、旗本屋敷の塀《へい》を背に、気を張った。

二

客間へ通された併右衛門は、己が落ちついていることを確認した。

「ここが肝腎《かんじん》」

肚《はら》を据《す》えた併右衛門の前へ、松平越中守が現れた。

「ごくろうである」

「夜分不意にお訪ねいたしました。ご無礼は承知のうえでございまする」

「かまわぬ。ことがことだけに、礼儀などは不要じゃ。話せ」

一応の遣《や》り取《と》りのあと、松平定信が急《せ》かした。

「これを……」

まず併右衛門は、懐《ふところ》から今大路家のあげた書付を出した。

「典薬頭今大路家に保管されておりました、家基さまのご病状記録でございまする」

「しばし、待て」

受けとった松平定信が、併右衛門を制し、書付に没頭した。

「一見なんの瑕瑾《かきん》もないな」

読み終わった松平定信が、言った。

「仰《おお》せのとおりでございまする」

併右衛門も同意した。

「二月二十一日、夕刻御発熱。同夜半斑猫御勧《はんみようおすすめ》、一服御用。二十二日、御容体回復、粥《かゆ》少々召上。二十三日、再熱発。斑猫一服進上。粥不召上《めしあがらず》。二十四日未明御解熱不適、斑猫二服再御用。朝方為意識喪失。午前薨御《こうぎよ》」

松平定信が読みあげた。

「今大路家として当然の行為であるな」

「はい」

「ただ、斑猫を使ったというのが問題じゃ」

「…………」

　わざと併右衛門は反応を返さなかった。

「誰ぞ、誰ぞある」

　手を叩いて松平定信が家臣を呼んだ。

「御用にございましょうか」

「玄庵《げんあん》をこれへ」

「ただちに」

　顔を出した近習が、駆けていった。

「我が藩の藩医での。なかなかに本道をよくする」

　松平定信が説明した。

「お呼びと聞き、参上つかまつりましてございまする」

　客間前の廊下に、禿頭《とくとう》の藩医が手をついた。

「うむ。玄庵、ちと訊きたい。斑猫という薬を知っておるか」

「はい。解熱、虫や植物による毒を除く妙薬でございまする」

　玄庵が述べた。

「それだけか」

冷たい目で松平定信が重ねて問うた。

「……他には……」

ちらと玄庵が併右衛門を見た。

「かまわぬ。この者は余の懐刀《ふところがたな》のようなものじゃ」

松平定信が首を縦に振った。

「斑猫には二種ございまする。一つは先ほど申しあげた妙薬。身体を冷やし体毒を除きまする。そしてもう一つは、毒。人の身体の熱を上げ、水を奪い、神経を狂わせまする。盛られた者は、高熱に苦しんだあと意識を失い、呼気が止まり死に至りまする」

苦い声で玄庵が告げた。

「二つは同じものか」

「同じと申せば同じでございまする。ただ、薬の斑猫と毒の斑猫では、精製の度合いが違うだけで。できあがった薬の見た目は寸分違わず。慣れた漢方医でもまず見わけることはできませぬ」

松平定信の問いへ玄庵が答えた。

「精製が違うと申したな。それは、薬を作るときに気づくほどの差か」

　さらに松平定信が問うた。

「はい。妙薬たる斑猫は、一寸（約三センチメートル）に満たぬ小さな虫を陰干しにし、細かく砕いたもの。これを身体の重さに応じて分量を取り、じっくりと煮出して冷やし、飲ませまする。対して毒の斑猫は、砕いた虫の量を数倍に増やし、濃く煮出したものを温かいまま服用させせまする」

「量と温度か」

「さようで」

　玄庵がうなずいた。

「ご苦労であった。下がってよい」

　松平定信が、玄庵へ手を振った。

「みごとでございまするな。今大路は」

　併右衛門が感心した。

「この記録を読んだだけでは、今大路家を罰することはできませぬ」

「だの。記録を認《したた》めたのは……」

「今は亡き九代正福でございましょう。安永八年に当主でございましたゆえ」

「正福か。寛政四年か五年に亡くなっておるな」

「はい。寛政五年に病死との届け出が出ておりまする。あとを継いだ十代親興も一年ほどで死んでおりまする」

記憶にある今大路家の経歴を併右衛門は告げた。

「十代は若かったのか」

「たしか十八歳だったかと」

「十八歳か。継承は、どうなっている」

「末期《まつご》養子という形を」

「やはりか」

聞いた松平定信が首肯した。

末期養子とは、当主の急死で家が潰されることをさけるための制度であった。本来、世継ぎなきは断絶が幕府の祖法であった。家康の息子もその例外ではなく、関ヶ原の合戦で獅子《しし》奮迅《ふんじん》の活躍をした四男忠吉《ただよし》の家も、跡継ぎがなかったことで断絶させられていた。しかし、それではあまりに潰れる家が多く、浪人を増やすことになると、八代将軍吉宗は、死に瀕《ひん》しての養子を認めた。それが、末期養子の制度であった。

もちろん、すべてに適用されたわけではなく、なかには手続きの遅れや死因の不審から潰された家も多々あった。
「すんなりと認められているか」
「このとき私はまだ、ただの奥右筆でございましたゆえ、詳細はわかりかねまするが」
奥右筆は七つの役目に分かれ、それぞれの仕事については口出しをしないという
か、かかわれなかった。老中から出された書付を精査し、意見を具申する勝手掛《かってがかり》だっ
た併右衛門は、隠居家督掛《かとくがかり》のあつかう案件のことをまったく知らなかった。
「当然じゃな。奥右筆風情に、幕政のすべてを知らしめる必要はない」
松平定信が肯定した。
「どう考える」
「私見でございまするが。実紀などを見ましたが、家基さまに御持病などの気配はま
ったく見受けられませなんだ」
「うむ。余も家基さまはよく存じあげておるが、じつにお健やかなお方であった」
宝暦《ほうれき》八年（一七五八）生まれの松平定信は、家基の四歳年長になる。歳の近い親戚
として、二人は気が合い、よく松平定信は、家基の話し相手として召されたりしてい
た。

「その家基さまが、春二月、季候もよくなった品川で、お好みの鷹狩りを楽しんでおられるさなか、体調を崩され、三日後には亡くなられる。どう考えても理に合わぬ」

「お身体に異常を来される前、鷹狩りの中食《ちゅうじき》を品川の東海寺《とうかいじ》でお摂《と》りになられ、茶をお召し上がりになっておられまする」

「知っておる。一時は、その寺の坊主が寺社奉行の取り調べを受けた。一服盛ったのではないかと思われてもいたしかたない状況であった」

二十歳だった松平定信は、当時のことをよく知っていた。

「東海寺は三代将軍家光さまが、沢庵《たくあん》禅師を江戸へ迎えるために建立した臨済宗大徳《りんざいしゅうだいとく》寺《じ》の末寺である。徳川家に恩はあっても讐はない。疑いはすぐに晴れた」

「はい」

そのことは併右衛門も調べていた。

「となると、どこで家基さまは、毒を盛られたかだ。体調を崩し、駕籠のなかで上げ戻しされるほどの薬を」

松平定信が腕を組んだ。

「斑猫ではないとお考えか」

「わからぬ」

大きく松平定信が首を振った。

「どのような毒かはわからぬが、家基さまが急に不調を訴えられたのはたしかなのだ」

めずらしくいらつきを松平定信が見せた。

「これを」

もう一つの書付を、併右衛門は差し出した。

「なんじゃ」

受けとった松平定信が目を落とした。

「これは……」

今大路家の書付を見た以上に松平定信が驚き、声を失った。

「なぜこのようなものが……。どこにあった。いや、なぜあるのだ」

松平定信が、きびしく問い詰めた。

「安永八年二月二十一日の夜、お身拭《みぬぐ》いを担当いたしました御小納戸《おこなんど》の遺したものでございまする」

併右衛門は答えた。

「倒れられた日の、お身拭いの記録か」

聞いた松平定信が納得した。

お身拭いとは、将軍が入浴できないときなどに、身体の汗を拭くことである。将軍の身の回りのことを担当する御小納戸がおこない、のちほど詳細な記録を書き、御広《おひろ》敷《しき》を管轄《かんかつ》する留守居《るすい》へと提出された。

「家基さまの右首筋に虫に刺されたようなあとがあったと書かれておる」

「はい」

読み終えた松平定信が、語った。

「お鷹狩りに出られた家基さまのお身形《みなり》は狩衣《かりぎぬ》。手首と足首のところを紐《ひも》で括《くく》り、身肌の露出をできるだけ防いでおりまする。さらに手には革の手袋、足には革草鞋《かわわらじ》。家基さまのお身体で直接肌が出ていたのは、首から上のみ」

「毒を刺すには、そこしかないか」

淡々と言う併右衛門へ、松平定信が同意した。

「首に刺したか」

「おそらく」

併右衛門は首肯した。

「しかし、どうやって。いかに鷹狩りとはいえ、家基さまの周囲は旗本たちで取り囲まれているはず。みょうな動きは、できまい」

松平定信は疑問を呈した。

「吹き矢ではございませぬか」

武器の名前を併右衛門はあげた。

「難しかろう。吹き矢の届く間合いは短い。いくらなんでも家基さまの近くで、吹き矢筒などを構えては、見逃されることなどあるまい」

無理だと松平定信が否定した。

「では、針先に塗った毒を近づいたときに」

「それも無理だな。家基さまの周囲にはお小姓《こしょう》、書院番《しょいんばん》、大番組《おおばんぐみ》が何重もの壁を築いているのだ。不審な者が近づけるはずもない」

「お小姓や書院番のなかに……」

併右衛門は重ねた。

「まちがいなく用意された栄達《えいたつ》と、滅びを秤《はかり》にかけられぬほど、愚かな者はおるまい。家基さまが十一代さまになられれば、小姓や書院番たちは、側近として幕政で大《おお》きな地位を占める。それこそ大名になることさえあるのだ。九代家重さまに仕えた大岡出雲守忠光《おおかいずものかみただみつ》、十代家治さまの信任厚かった田沼主殿頭《とのものかみ》意次という、いい見本がそこにあるのだ。しかし、家基さまの身に何かあれば、待っているのは没落だけ。事実、家基さまに仕えていた小姓や書院番たちは、日をおかずして解任され、それぞれ小普《こぶ》請《しん》へと落とされている」

松平定信が話した。

小普請とは、無役の旗本御家人を集めた組で、なんの仕事もなかった。当然役料は発生しない。どころか、石高に応じた小普請金を上納しなければならず、役付のときとは天と地ほどの差があった。また、役付から小普請に移ることは懲罰と言われ、ふたたび浮かびあがることは至難とされていた。

「なにより、将軍家お世継ぎさまを害するなど、謀反《むほん》と同じ。知られれば、己だけでなく、九族にまで影響が及ぶ」

八代将軍吉宗によって連座制はなくなったが、謀反だけは別であった。

「まことに」

言われるとおりだと併右衛門は首肯した。

「ふうむ。誰かおらぬか」

うなった松平定信が、手を叩いた。

「これに」

すぐに襖《ふすま》が開かれた。

「酒を用意いたせ」

「はっ」

顔を出した家臣が平伏した。

「白河さま。酒は……」

「遠慮するな。というより、余が飲みたいのだ。武家の統領たる将軍、その一族へ家来が手を出した。下克上の乱世でもあるまい。このようなこと酒も飲まずに考えていられるものか」

「……はい」

そう言われては併右衛門に反論の言葉はなかった。

酒の用意を命じられた家臣は、台所へ回る前に玄関へと顔を出した。

「酒だそうじゃ」

「茶ではなかったか。承知」

玄関脇で控えていた四人の藩士が立ちあがった。

「しくじるなよ」

家臣は台所へと小走りに消えた。

「誰に言っているのだ、あやつは」

四人の藩士が顔を見あわせて笑った。

「供はどうしておる」

門番へ藩士が問うた。

「辻向かいの塀へ背中を預けて立っておりまする」

潜《くぐ》り戸《ど》に設けられている小さな窓から覗《のぞ》いた門番が答えた。

「よし。行こうか」

「覆面を忘れるな」

互いに顔を見あわせて、藩士たちがうなずいた。

「脇門へ回れ。殿が奥右筆組頭を帰されるまでに、かたをつける」

「おうよ。左右から挟むぞ」

藩士たちが二手に分かれた。

三

武家地には、辻ごとに灯籠《とうろう》が置かれ、周囲を照らしていた。また、名門譜代や大禄の外様《とざま》屋敷の辻には、番所《ばんしょ》が設けられ、寝ずの番を常駐させ、治安を護《まも》っていた。

　といっても寝ずの番も、辻灯籠も、すでに形骸《けいがい》となっていた。武家の窮乏《きゅうぼう》は、灯明《とうみょう》の油さえ満足に買えないほどとなっていた。

　暮れ六つ（午後六時ごろ）に灯された辻灯籠は、油の補給を受けることなく、そろそろ消えようとしていた。

「来たか」

　目を閉じていた衛悟は、殺気を感じとった。

「…………」

　無言で衛悟は太刀を抜いた。

　包むように藩士四人が衛悟を囲んだ。

「旗本柊賢悟が弟衛悟と知っての狼藉《ろうぜき》か」

　衛悟は一応問うた。

「…………」

　答えの代わりに、四人が太刀を抜いた。

「問答無用か」

　うなずいた衛悟は、四人のなかでもっとも太刀を抜くのが遅かった右端の一人へと斬りかかった。

「うわっ」

いきなりのことに、藩士が慌《あわ》てた。

「遅い」

衛悟は、袈裟懸《けさが》けに斬った。

「ぎゃっ」

左首筋から右脇腹まで斬られた藩士が、悲鳴をあげて倒れた。

「なにっ」

「このっ」

残った藩士たちが、怒りを漏らした。

「命の遣《や》り取《と》りであろ、そっちが願ったのは」

残心の形から、衛悟は右のもう一人を狙った。

「むうっ」

選ばれるだけあって、衝撃から立ちなおるのは早かった。藩士は、かろうじて衛悟の一刀を避けた。

「やああ」

追撃しようとした衛悟の背中を別の藩士が襲った。

「…………」

足送りだけでかわした衛悟だったが、動きを止めざるをえなくなった。

「そこそこ遣えるか」

衛悟は、構えを整えた。

「落ちつけ、相手は一人だ」

中央の藩士が声を出した。

「おう」

「わかっておる」

二人の藩士がうなずいた。

「仇《かたき》を討つ」

すでに息絶えた仲間へ、一瞬目をやった中央の藩士が宣した。

「顔を隠しているわりには、ずいぶん立派なことを言ってくれる」

衛悟はわざと嘲《あざけ》った。

数の違いは力の差である。どれほどの名人でも、数の威力の前には不覚を取ることがあった。

嘲ることで相手を怒らせ、冷静さを失わせる。衛悟は、三人の連携を潰しにかかった。

「黙れ」

左の藩士が、怒鳴《どな》った。

「深夜ぞ、大声は人を呼ぶことになる」

もう一押し衛悟は続けた。

「ぐっ……」

口を開けていた左の藩士が黙った。

「どうやら、やっていることが表沙汰《おもてざた》にできぬとは、理解しているようだな」

衛悟は、あおった。

「弱い犬ほどよく吠《ほ》えるという」

中央の藩士が、返してきた。

「その弱い犬に三人、いや、四人がかりか」

言いながら衛悟は警戒した。

「黙れと申したはずだ」

左の藩士が、しびれを切らせて突っこんできた。

「振りが大きすぎる」

身体を回すようにして上段から斬ってきた一刀を衛悟はかわし、がら空きになった相手の胴を薙《な》いだ。

「ひくっ」

肝の臓を裂かれた左の藩士が絶息した。

「馬鹿が」

思わず中央の藩士が叱《しか》った。

「どうする。このまま退くというなら、黙って見逃してやるぞ」

左の脅威がなくなった。背中を塀に預けている衛悟にとって、包囲は破れていた。

「おのれ」

右の藩士が歯がみをした。

「思い知れっ」

青眼の太刀を上段へと変えて、右の藩士が迫ってきた。

「止めろ」

中央の藩士が制した。

「組頭……」

「四人でかかって仕留められなかったのだ。こやつの言うとおりだ。このまま二人の遺体を晒《さら》しておくわけにはいかぬ」

太刀を鞘《さや》へと戻しながら中央の藩士が、なだめた。

納刀のときに生じる隙《すき》がまったくなかった。衛悟は、中央の藩士から目を離せなくなった。

「刀を納めろ」

中央の藩士が命じた。

「しかし、このままでは……」

「耐えろ。耐えて次を待つ。恥を忍ぶのも武士である」

最初に倒れた藩士を、中央の藩士が抱えあげた。

太刀を抜いたままで、衛悟は三間（約五・四メートル）下がった。

「連れて帰るぞ」

まだ衛悟を睨みつけている配下をうながして、中央の藩士が背を向けた。

「はっ」

ゆっくりと刀をしまった藩士が、残っている仲間の死体を抱きかかえた。

「おまえたちは、知ってはいけないことに触れたのだ。このままですむと思うな」

中央の藩士が、衛悟へ告げた。

「闇討ちを仕掛けてきたおまえたちは、どうなのだ。真っ当な武家のすることではない。恥を知れ」

衛悟も辛辣《しんらつ》な言葉を投げた。

「…………」

二人は応えず、背を向けた。

「辛いところだな。主命には逆らえぬ。武士とは窮屈《きゅうくつ》なものだ」

太刀を拭いながら衛悟は、つぶやいた。


「いくら考えてもわからぬな」

松平定信が匙《さじ》を投げた。

「……はい」

併右衛門も同意した。

「今宵はここまでといたす。また何かわかれば、報《しら》せよ」

「承知いたしましてございまする」

下がってよいと言われて併右衛門は、白河藩上屋敷を出た。

「どこだ」

背中で潜り戸が閉じられる音を聞きながら、併右衛門は衛悟を探した。

「ここに」

衛悟が声をあげた。

「ご無事で」

「なにかあったのか」

言われて併右衛門は、衛悟の剣気に気づいた。

「つい今しがた、四人に襲われておりました」

「白河か」

「まちがいないかと」

衛悟はうなずいた。

「あのときか……」

併右衛門は松平定信が酒を命じたことを思いだした。

「倒したのか」

「二人は」

「残り二人はどうした」

「死体を背負って帰りましてございまする」

経緯《いきさつ》を簡単に衛悟は説明した。

「口封じというには、甘いな」

聞いた併右衛門が述べた。

「はい。引き際も早うございましたし……」

衛悟も同意した。

「もっとも太刀を抜いて、斬りかかって参りましたゆえ、ただ脅《おど》すだけが目的であったとは思えませせぬ」

「いや。思いのほか、おぬしが強かったというのもあろうが……」

併右衛門が衛悟の考えを否定した。

「儂に対する脅しが主であろう。おぬしを殺せば、儂の護《まも》りはなくなる。それこそ松平越中守さまの膝《ひざ》にすがらねば、生きていけぬ。娘の縁談も承知せざるを得なくなる。こうなれば、儂は越中守さまの思うがまま」

「なんということを」

怒りをこめて衛悟は、越中守の屋敷を見た。

「最初は儂も始末する気だったのだろうが……奥右筆組頭の値打ちに気づいたのだろ

うよ。歩きながら話そう」

先に立って併右衛門が足を動かした。

「おそらく、お身拭いの書付が効いたのだろう」

「どういうことでございまするか」

半歩下がって周囲を警戒しながら、衛悟は問うた。

「誰もが忘れていた書付を儂が見つけたのだ。いや、見つけだしたという行為に価値を認めたのだろう」

併右衛門は、松平定信の考えを読んでいた。

「奥右筆組頭という役目も、老中《ろうじゅう》や若年寄《わかどしより》など、幕政を左右するお偉い方々にとっては道具なのだ」

苦い顔で併右衛門が言った。

「道具は使えてこそ、意味がある。使いものにならぬ道具など邪魔なだけ。また、遣い手を傷つけるほど鋭い道具は危険。なればこそ、松平越中守さまは、儂を脅したし、瑞紀の婿《むこ》として息のかかった者を用意してきた。いわば儂という刀を鞘に入れようとしている」

「……うむ」

衛悟はうなるしかなかった。

「見ていろ、数日中に松平主馬から、婿入りの話が正式なものとして持ちこまれてくるぞ」

「それは……」

明らかに格上の家から持ちこまれた縁談は、まず断ることができなかった。衛悟は瑞紀が他人の妻となることを想い、胸に痛みを感じていた。

「だが、松平越中守さまは、わかっておられぬ。奥右筆組頭の力を。道具としか見られておらぬ我ら役人の肚《はら》を。思い通りになってやる筋合いはない」

併右衛門が力強い目で宣した。


立花併右衛門を帰した松平定信の前へ、二人の藩士が平伏していた。

「負けたか、多田《ただ》」

松平定信が声をかけた。

「申しわけございませぬ。奥右筆組頭の警固《けいご》を排除できませなんだ」

多田は、さきほど衛悟を襲った四人の藩士の一人、組頭と呼ばれた男であった。

「江戸屋敷で一、二と言われた四《よ》ツ木《ぎ》より、一枚上でございましたか」

敷居際《しきいぎわ》に控えていた横島が嘆息した。

「横島、それほどの腕なのか、あやつは」

松平定信が問うた。

「わたくしも一度見ただけでございますれば、確たることを申しあげることはできませぬが、かなり遣うと」

首を振りながら横島が答えた。横島はかつて併右衛門の供をしてきた衛悟の接待をしたことがあった。

「そなたとではどうだ」

「四ツ木ら三人を軽くあしらったとならば、三本勝負いたせば、一本は取られましょう」

横島が告げた。

「それほどか」

聞いた松平定信が驚いた。

「そなたの腕は、白河だけでなく江戸でも敵なしと言うではないか」

「隠れた名人上手はどこにでもおりまする」

「勝てるか」

確実に仕留められるかと松平定信が問うた。

「お任せくださいませ。あの者の腕は、拙者《せっしゃ》と比肩いたしましょうが、なんと申しましても、まだ若うございまする。若さは怖れを知らぬ代わりに、経験に欠けまする。真剣となれば、多少の腕の差はないも同然。どちらがより落ちついていたかで、勝負は決まりまする」

堂々と横島が請《う》けおった。

「そうか。頼もしいかぎりよな」

松平定信が満足そうにうなずいた。

「今から後を追いましょうや」

「いや、今宵はよい。もう一手打ってからよ。奥右筆が使えるのは当然、それ以上に立花はできる。潰すのは惜しい」

横島の提案を松平定信が否定した。

「松平主馬へ、動けと命じておけ」

「はっ」

主の言葉に横島が平伏した。

四

二日後、松平下野介をつうじて正式な縁談が持ちこまれた。

「松平主馬の次男真二郎を貴家の娘どのが婿として迎えてはくれまいか」

仲人として訪れた松平下野介が、併右衛門へと申しこんだ。

「お話をいただき、まことにかたじけないかぎりでございまする」

「おおっ。それでは、受けてくれるか。いや、めでたい。これで儂の顔も立つ」

併右衛門の答えを諾《だく》とった松平下野介が喜色をあらわにした。

「お待ちくださりませ」

冷静に併右衛門は、松平下野介へ述べた。

「なんじゃ。断るとでも申すのか」

きびしい目つきで松平下野介がにらんだ。

「よく考えてみるのだな。これからも奥右筆組頭であり続けたい、あるいは、そのうえを狙うならば……」

「少し遅うございました」

迫る松平下野介を併右衛門がいなした。

「遅かっただと」

松平下野介が、驚いた。

「はい。すでに娘瑞紀は、婚約をいたしましてございますれば」

淡々と併右衛門が告げた。

「なんだと。そのようなはずはない」

「誠でござる。一月ほどになりましょうか、奥右筆部屋へのお届けもすませ、お許しも得ておりまする」

「馬鹿な、ならばなぜ、先日城中で話を持ちかけたときに、その旨《むね》を告げなんだのか」

顔を赤くして松平下野介が、詰問した。

「あのときはまだ御許しを得ておりませなんだゆえでござる」

「奥右筆組頭の権を使ったな」

松平下野介が気づいた。奥右筆の考え一つで書付はどうにでもできる。日付をさかのぼることなど朝飯前であった。

「……きさま。覚悟はできているのだろうな」

すさまじい声で、松平下野介が、併右衛門を怒鳴りつけた。

「覚悟とはなんでございましょう」

併右衛門は首をかしげて見せた。

「我らを敵に回す肚は、できているということか」

松平下野介が、併右衛門の態度を見て言った。

「我ら……ずいぶんと大きく出られましたな。下野介どのよ」

併右衛門が口調を変えた。

「な、なんだ」

雰囲気の変わった併右衛門へ、松平下野介がとまどった。

「奥右筆は、不偏不党。どなたにも与《くみ》しないのが決まり。どなたさまの味方もいたさぬかわり、敵にもならぬ。それが奥右筆でござる」

奥右筆は、老中たちに握られていた政《まつりごと》を取りもどすため、五代将軍綱吉によって設けられた、いわば将軍直属の役目であった。その権威には、老中といえども手出しすることはできなかった。

「それがどうした。きさまを奥右筆組頭から外すことなど、なんでもないのだぞ」

松平下野介が、虚勢を張った。

「おやりになれるならば、どうぞ」

「そ、その言葉、忘れるな」

座を蹴って松平下野介が、出ていった。

「よろしいのでございまするか」

一応表門まで見送った瑞紀が戻ってきて、懸念を表した。

「気にせずともよい。それとも、そなたは受けたほうがよかったと申すか」

けわしい表情を緩めて併右衛門が問うた。

「なにを受けるのでございまする」

事情を聴いていない瑞紀が首をかしげた。

「そなたの婿のことだ」

「わたくしの……」

瑞紀が唖然《あぜん》とした。

「千五百石のご次男さまだそうだ。文武両道に秀でておるらしいが、女に手が早いという。屋敷の女中二人を孕《はら》ませたそうだぞ。断ってはいかんかったかの」

併右衛門が娘の顔を見た。話が来て以来、充分な調べをおこなっている。真二郎のことは親よりも知っていた。

「お断りいただいてかたじけなく存じまするが……」

旗本の娘である。縁談を断るということがどういう意味をもつかくらいはわかっている。

「なによりも、そなたを人質にする気はない」

「………………」

話の裏を理解した瑞紀が黙った。

「……瑞紀よ、そなたの婿となる男は、儂が決める。よい男を選んでくれようほどに」

「父上さま」

じっと瑞紀が併右衛門を見つめた。

「さがっていい」

併右衛門は娘を遠ざけた。

「そうか」

松平下野介から報告を受けた松平定信は、落胆した様子も見せなかった。

「ご苦労であった。また、何か頼むこともあろう」

「越中守さま、思いきった手だてを取らせていただきたく……」

食いさがろうとする松平下野介へ、松平定信はうるさそうに手を振った。

「玄関まで送ってやれ」

「はっ。こちらへ」

横島が、松平下野介を追いたてるようにして、出した。

「脅しが逆効果となったか。やむをえまい。奥右筆組頭は吾《われ》にしたがわぬと決まった」

松平定信が立ちあがった。

「行列を仕立てよ、登城する」

上屋敷が一気に騒がしくなった。

かつて刻み足という、老中にだけ許された小走りで登城した松平定信の駕籠《かご》は、歩いたほうが早い速度で江戸城へと向かった。

「松平越中守さま」

大手門を警固していた書院番組士が、大声で叫んだ。大手門を通過するときの慣例であった。

「ご苦労でござる」

松平定信は駕籠のなかから、挨拶をした。

老中を経験した譜代大名、御三家、老齢でとくに将軍から許された者は、大手門のなかまで乗りものを使うことができた。

中御門で駕籠を降りた松平定信は、溜《たまり》の間《ま》へ立ち寄ることなく、まっすぐ将軍家御休息の間に足を進めた。

「越中守さま」

御休息の間まえで当番の小姓が、立ちはだかった。

「上様へお目通りを願いたい」

「しばしお待ちを。ただいま、上様は御老中さまとお話になられておりまする」

小姓が止めた。

「……わかった。ここで待たせていただくぞ」

幕政顧問として溜《たまりのまづめ》間詰を許されているとはいえ、老中を押しのけて目通りすることはできなかった。

「…………」

半刻（約一時間）以上待たされて、ようやく松平定信に声がかけられた。

「上様がお目通りをお許しになられましてございまする」

小姓が襖を開けた。

「どうした、越中」

ご休息の間上段で家斉が首をかしげていた。

「上様、お人払いをお願いいいたしとうございまする」

下段の中央に座って松平定信が願った。

「いきなりか」

「何卒《なにとぞ》……お願い申しあげまする」

松平定信は平伏した。

「ふむ」

家斉の表情が変わった。

「皆、遠慮せい」

重い声で家斉が命じた。

「上様……」

お小姓頭取《こしようとうどり》が、いつもと雰囲気の違う松平定信に危惧《きぐ》を覚えたのか、不安そうな目を家斉へと向けた。

「かまわぬ」

「はっ」

家斉はしたがえと重ねて言った。

数拍の後、御休息の間には家斉と松平定信だけとなった。

「なんじゃ」

話せと家斉がうながした。

「奥右筆組頭の手で、これだけのことがわかりましてございまする」

松平定信が語った。

「そこまで調べたか。見事と言うしかないの」

家斉が感心した。

「……上様」

真剣な声で松平定信が呼んだ。

「家基さまが殺されなければならなかった理由でございまするが……」

「田沼主殿頭を嫌っていたからではないのか。将軍となった暁《あかつき》には、主殿頭を罷免《ひめん》すると公言していたというぞ」

「そのていどのことで、将軍の嫡子を殺しましょうか。万一、手を下したと知れれば、己の命だけではすみませぬ。一族郎党まで死ぬことになりまする」

「それほど老中筆頭、いや、大老の権は魅力があると……」

「上様」

言いかけた家斉を、松平定信がさえぎった。

「奥右筆が少し探しただけで、これだけのものを見つけられるのでございまする。家基さまの死後、大目付《おおめつけ》や、目付は何をしていたのでございましょう」

「……わからぬ」

家斉が首を振った。

「お身拭いで見つかった首筋の傷、今大路が処方した斑猫の量。これだけでも、家基さまの身になにかあったことなど、誰にでもわかりましょう」

「…………」

松平定信の話を聞いた家斉が目を閉じた。

「田沼の権が幕府を覆《くつがえ》っていたなど、理由にもなりませぬぞ。西の丸の主となり、徳川にとって格別な家の文字を与えられた将軍嫡子。まして十代将軍家治さま、唯一の男子。将軍となるべくして生まれたお方」

家斉が表情をゆがめた。

「上様……」

あきらかに不審な家斉の態度であった。

「家基さまのことで、ご存じあればお聞かせいただきたく」

松平定信は問うた。

「…………」

家斉は無言で松平定信を見た。

「どうぞ、どうぞ、上様」

「忘れよ、越中守」

重い声で家斉が命じた。

「……上様」

松平定信が、家斉の強固な意思に驚愕した。

「知ってよいことではないのだ。家基は病死。そうせねばならぬ。太田備中ごときが策にのるな」

「理不尽なことを」

言いきる家斉へ、松平定信が食いさがった。

「お父上の一橋治済どのがかかわっておられるのを隠されるお気持ちはわかりまする。臭《くさ》いものに蓋《ふた》。それでよろしいのでございましょうか。どれほど厳重な蓋でもいつかははずれまする。そのとき、なかにあるものは腐敗しきっておりましょう。傷は早いうちに手当てするにかぎりまする」

「ならぬ」

きびしく家斉が拒絶した。

「……わかりましてございまする。お目通りをお許しいただきかたじけのうございました」

松平定信が平伏した。

「待て」

下がろうとした松平定信を家斉が止めた。

「探りだす気か」

「お教えいただけぬとあれば、やむをえませぬ」

決意を松平定信は見せた。

「知れば、後悔することになるぞ。躬《み》は越中に辛い思いをさせたくはないのだ」

「わたくしが辛い思いを……」

松平定信が不審な顔をした。

「そう聞かされてはより知らねばなりませぬ。わたくしにかかわるならば……」

一膝《ひとひざ》松平定信が迫った。

「一つだけ約束せよ」

家斉がさえぎった。

「なんでございましょうや」

「変わらぬと約束せい」

問う松平定信へ、家斉が述べた。

「……変わる。わたくしがでございまするか。そのようなことあるはずもございませぬ。かつて天下の政を預かったこの定信でござる。多少のことなど意にも介しませぬ」

しっかり松平定信が首肯した。

「たしかだな」

しつこいほど家斉は念を押した。

「ご懸念なく」

松平定信は保証した。

「村垣」

家斉が天井を見あげた。

「これに」

天井から返答が降りてきた。

「誰も近づけるな。耳を立てる者がおれば、殺せ」

「はっ」

「上様……」

見せたことのない家斉の冷酷な命令に、村垣源内は応じ、松平定信は驚愕した。

「参れ」

短く家斉が松平定信を招いた。

「……ご無礼をつかまつる」

御休息の間上段まで松平定信が膝行《しっこう》した。

「覚悟はできておろうな」

「はい」

最後の確認に松平定信はうなずいた。

「家基は、死なねばならなかったのだ」

「えっ」

あまりの言葉に松平定信が絶句した。

「将軍家の歴史を紐解《ひもと》けばいい。長子の末路はすべて哀れだ」

「なんのことで……まさか」

「気づいたか。長子の系統はすべて絶えている。いや、絶えさせられているのだ。徳川を生き残らせるための生け贄《いにえ》としてな」

家斉が吐きすてた。

「信康《のぶやす》さままでござるか」

それだけで松平定信は気づいた。家康の長男信康は、武田勝頼《たけだかつより》との内通を疑った信長により自刃させられていた。

武家にとって名の次に重要な嫡男を殺されても、織田《おだ》へ徳川は逆らわなかった。

「うむ。徳川という家を救うため、神君家康公は信康を死なせた。いや、違うか。目をつぶったのだ。織田と争うだけの力を徳川はもっていなかった。となれば、信康を救うには、徳川は武田にすがるしかなくなる。他家の力を借りる。これがなにを意味するのか、徳川にかかわる者すべてが知っていた。そう、桶狭間《おけはざま》で今川義元《いまがわよしもと》が討たれるまで、徳川は今川の庇護《ひご》を受けていた。もっとも庇護とは名ばかりの搾取《さくしゅ》でしかなかったがな」

淡々と家斉が話した。

稀代《きたい》の名将であった松平清康《きよやす》の急死によって、三河一国は尾張からの圧迫にさらされた。耐えきれなくなった家康の父松平広忠《ひろただ》は、駿河《するが》の太守今川義元を頼り、その属国となることで生き残りをはかった。

「今川の属国となった三河がどれほどの辛酸をなめたかは、言うまでもあるまい」

すべてのものが搾取された。今や大名となった者たちでさえ、食べるものがない夜を何度も過ごしたのだ。それだけではない、どこの戦場でも三河の兵は今川の盾《たて》として使われ、多くの若い者が死んだ。このままでは三河は滅びる。そうなったときに桶狭間があり、三河は解放された。その苦労話は代々徳川に語り継がれている。

「織田との関係は同盟であった。多少の差はあったとはいえな。だが、武田に頼れば、それは属国となることだ。長男一人を助けるために、国をふたたび痛めつけるだけのことは許されなかった。家康さまは泣く泣く信康を殺した」

「…………」

無言で松平定信は聞き入った。

「こうして徳川に一つの不文律ができた。長男は徳川を護るための生け贄とならねばならぬとのな」

「な、なにを」

あまりのことに松平定信が大声をあげた。

「落ちつかぬか、越中」

「しかし、そのようなことが続くはずも……」

「家康さまの遺言であったとしてもか」

「まさか……」

松平定信が絶句した。

「なぜ家康さまが……」

「恨みよ。息子を殺さねばならなくなったな」

家斉が答えた。

「ならば信長さまへ向けるべきでございましょう」

「違うな」

はっきりと家斉が否定した。

「恨みは助けてくれなかった家臣へだ。信長から理不尽な命が届いたとき、誰一人として国を挙げてあらがおうと言わなかった。どころか、信長の命を唯々諾々《いいだくだく》と受けいれた。やりようはあったのだ。家康さまから信康の弁明を任された酒井忠次《ただつぐ》が、信長の前で切腹して身代わりになるとかな。だが、酒井忠次は、信長の詰問に抗弁さえしなかった。これが止《とど》めとなって、信康の死は決まった」

経緯《いきさつ》を家斉が説明した。

「聞いてはおらぬか、関ヶ原の合戦の前夜、家康さまが言われた言葉を」

家斉が聞いた。

「息子がおれば、この歳でこんな苦労をすることもあるまいに。こう家康さまはおっしゃったそうだ。これが誰のことを指すかなど言わずともわかろう。関ヶ原に遅刻した三男秀忠《ひでただ》さま、江戸城の守りを任されて関ヶ原へ来てさえ居なかった秀康《ひでやす》でないことは明らかだ。残るは……」

「信康さま」

「ああ。もう一つ、徳川が天下を取ったあとのことだ。酒井忠次が家康さまに息子への禄《ろく》をもう少し増やして欲しいと願った。そのときの家康さまの答えは、おまえでも子供はかわいいか、だったという」

「…………」

家康の恨《うら》みを松平定信は理解した。

「しかし、それならば、家臣たちへ長男の相続は認めぬと命じればすむ話ではございませぬか」

松平定信が言った。

「それ以上に家康さまの恨みは深かったのだ。家康さまは、将軍家代々の長男を家臣たちの手で殺すように遺言された。未来永劫主殺しの汚名を伝えていくようにとな」

「ば、馬鹿な。そのようなことがあろうはずも……」

将軍の前ということを忘れて、わめいた松平定信だったが、家斉の表情に声を失った。

「躬の長男竹千代《たけちよ》も、わずか三歳……」

家斉がつぶやいた。

十一代将軍家斉の長男であった竹千代は、寛政四年（一七九二）に生まれた。家斉がまだ将軍となる前に手を付けた内証《ないしょう》の方の腹である。徳川に伝わる長男の幼名を与えられた竹千代は、寛政六年（一七九四）に死去していた。

「そ、そんな……」

「嘘でないことがわかったか」

辛そうに家斉が言った。

「もちろん、逆らおうとした将軍もいた。三代将軍家光公、六代将軍家宣《いえのぶ》公だ。お二方とも長男に将軍を継がせたまではよいが、そこで血は絶えている。四代将軍家綱《いえつな》どの、七代将軍家継《いえつぐ》どのは、とうとう男子をなすことなく死なれ、血筋を絶やしている」

「…………」

「家基の場合は不幸な手違いだったのだ。知っておろう、家基には弟がいたことを。わずか二ヵ月の差で生まれた弟が」

宝暦十二年（一七六二）十月二十五日に家基が出生したあと、続けて十二月十九日に男子が誕生していた。

「貞次郎君のことでございまするな。たしか、三ヵ月ほどで亡くなられた……」

言いかけて松平定信が家斉を見た。

「そうだ。まちがえられたのだ。本来ならば、死ぬのは家基だったのだ。家基を殺すはずだった毒は、手違いで弟貞次郎に与えられてしまった。これが家治さまを変えた。家治さまは生け贄は一人でいいとお考えになり、家基を世継ぎになされた。だが、それは許されないことなのだ」

「では、なぜ十八年ものときがかかったのでござる」

「ためらいがあったのだ。一人殺しているのだ。そのうえもう一人となると、さすがに重すぎる。誰もが嫌がったお陰で家基は西の丸にまで入った。しかし、これ以上放置しておくと、家康さまの遺言に叛《そむ》くことになる。これを理由とした田沼意次が手を下した。意次にとってやはり家基は邪魔だったのだろう。そして、それを知った家治さまが、復讐として意次の長男意知を殿中で殺させたのだ」

「…………」

渇いた口を潤そうと松平定信が唾《つば》を飲んだ。思わぬほどの大きな音が、御休息の間に響いた。

「待ってくだされ、上様。長子相続が禁じられているというならば、八代吉宗さまはどうなりまする。九代家重さまは、吉宗さまの長男ではございませぬか。それに家重さまの跡を継がれた家治さまも長子」

例外を見つけたと松平定信が勇んだ。

「越中、吉宗さまには、紀州の部屋住み時代に一人の男子をもうけられている」

「あ。あの天一坊《てんいちぼう》とやらでございまするか」

松平定信が思いだした。

天一坊とは、吉宗の落胤《らくいん》と名のって品川で人と金を集めていた修験者《しゆげんじや》であった。関東郡代伊奈《いな》半左衛門《はんざえもん》の取り調べを受け、獄門となっていた。

「吉宗さまより、嫡男が居ることは報されていた。なればこそ家重さまはご無事であった。そこへ出て来たのが天一坊だ。父親が将軍となったと知り、十万石ほどの大名に取りたててもらおうとして、殺された。本物でなければ死なずにすんだやも知れぬがな」

家斉が語った。

「では、家治さまは。家治さまは家重さまのご長男のはず」

「家重さまについては、やむをえぬのだ」

「やむをえぬとは」

「話がつうじぬお方だからじゃ。知っておろう、家重さまは御自身のご意見を述べられることができなかった。やむをえずそのままとなった」

首を振りながら家斉が説明した。九代を継いだ家重は幼少のころに患った熱病の後遺症で、ものごとを理解する能力を失っていた。

「上様、この話はいったい誰が知っておるので」

「これは将軍になった者と譜代の重臣に伝えられた。老中となったとき、先任から聞かされる。そして実行するのは……今大路じゃ」

松平定信の問いに家斉が答えた。

「老中……ではなぜ、わたくしは知らされなかったのでございましょう」

「家治さまのご意向じゃ。家治さまは、家基が殺されたとき、誰が手を下したかをすぐに悟られた。寵臣の最たる田沼意次だとな」

家斉が続けた。

「二人の息子を殺されて、家治さまは気力を失われた。逆らおうにも徳川にとって神たる家康さまの遺言では、どうしようもない。残すべき子を亡くし、何事へも興味を失った家治さまにあったのは、復讐だけ。吾《わ》が子を殺しておきながら何食わぬ顔で、毎日仕えるふりをする田沼意次を絶望させることだけが、家治さまの望みとなった。ために家治さまは二つの手を打たれた。一つは吾が子を殺される辛さを味わわせるための一手、佐野善左衛門を使った田沼意知の刃傷、残るは意次の施策をすべて否定する政。そのためには田沼意次に少しの遠慮でもあってはなるまい。老中となって神君家康公の恨みを教えられれば、主君殺しに近いまねをしなければならなかった意次へ同情することになりかねぬ。家治さまは、田沼意次を断ずる者として越中守に白羽の矢を立て、なにも教えるなと命じられたのだ」

長かった説明が終わった。

「御用部屋でわたくしだけが知らなかったと」

「そうだ」

確認する松平定信へ家斉が首肯した。

「わたくしだけが疎外されていたと」

「疎外というのは……」

あわてて家斉がさえぎろうとした。

「お話しいただき、かたじけのうございました」

家斉の言葉を聞いていないかのように、松平定信は平伏した。

「では、これにて御免を」

「待て、越中」

出ていこうとする松平定信を家斉が止めた。

「変わるなと言ったはずだぞ」

「……変わりはいたしませぬ。上様への忠誠は。よくぞ教えてくださいました。でなければ、わたくしは老中筆頭とは名ばかりの傀儡《かいらい》と陰で笑われたまま生涯を終えることになりましたでしょう」

静かに松平定信が言った。

「越中」

「上様、家基さまへ最初の毒を盛ったのはどのように」

足を止めて松平定信が、問うた。

「甲賀者が、鷹《たか》の羽に小針を仕掛けていたと聞いた。鷹狩りはこうやって肩のところまであげた拳に鷹を止まらせる。ちょうど家基さまの首の位置ぞ」

「もう一つ。奥右筆部屋に書付が残されていたのは、家治さまの命でございまするな」

「そうじゃ。これも家治さまの恨みであろう。このような馬鹿げた遺言を残された家康さまへのな。いつか真実に気付く者が出て、このような悪習を消してくれるようにとの願いであろう」

家斉が続けて答えた。

「今日はこれにて戻らせていただきまする」

悄然《しょうぜん》とする家斉を残して、松平定信は将軍家御休息の間を出ていった。

「村垣」

「これに」

家斉の目の前にお庭番村垣源内が姿を現した。

「失敗だったか」

「いいえ。いずれ御自身で調べあげられましたでしょう。そのときは、上様へのご不審も生まれましたでしょうから」

村垣源内が首を振った。

「どうなると思う」

「奥右筆組頭を亡き者となられるはずでございましょう。越中守さまの根本は将軍家のため。奥右筆組頭をそそのかせたのは己とはいえ、このまま放置しておけば、まちがいなく真実にたどり着く。それだけの能力をあの者は越中守さまへ見せてしまいましてございまする。徳川に代々残る忌《い》まわしき風習、それが世に知られてはと越中守さまはお考えになりましょう」

家斉の問いに村垣源内は答えた。

「そうか……」

力なく家斉が首を落とした。

「村垣、奥右筆組頭を護れ」

「よろしいのでございまするか。越中守さまと敵対することになりまする」

村垣源内が問うた。

「かまわぬ。これ以上越中守を地獄に落としてはならぬ。本来ならば躬の代わりに、十一代を継いでいたのだ。政で受ける恨みは、執政の役目、そして執政は躬の代理。代わってやることができる。だが、人を殺して受ける恨みは、越中のみにかかる。誰も身代わりとなってやることはできぬ。田安から放りだされ、そのうえ、老中の座も追われた越中守に、さらなる苦難を与えてはならぬ。それを見すごしたとならば、躬は越中の主たる資格を失う」

「承知つかまつりましてございまする」

主命を村垣源内が受けた。

五

御休息の間を出た松平定信は、溜の間を素通りして大手門を出た。

「松平越中守どの、下城」

背中に送る声を聴きながら、松平定信は待っていた駕籠《かご》にのった。

「殿」

異様な様子の松平定信を、供頭《ともがしら》が心配した。

「出せ」

供頭の気遣《きづか》いを無視して、松平定信が命じた。

「ご出立《しゆつたつ》」

すぐに駕籠が持ちあげられた。

「御用部屋一同をして、なにも知らぬ余を嘲笑しておったのか。えらそうに田沼主殿頭の施政を批判していた余をさげすんでいたのか」

一人になった松平定信の胸にふつふつと怒りが湧《わ》いていた。

「余に従っているような顔をしながら……」

松平定信が強く指を握りしめた。爪が食いこみ、うっすらと血がにじんだ。

「一人蚊帳《かや》の外で、道化として踊っていたとは……」

音を立てて松平定信が歯がみをした。

「上様も知っておられながら、いままでなにも教えてはくださらなかった。余が真相に近づくまで……真相といえば奥右筆をこのままにしておくわけにはいかぬ。このような恥を余人に知られては……」

松平定信が呼んだ。

「横島」

「はっ」

駕籠脇についていた寵臣が返答した。

「奥右筆組頭を始末せよ。早急に。できれば今夜中にな」

「承知いたしましてございまする」

応じた横島が、行列を離れた。

併右衛門は老練な役人である。その併右衛門が松平定信を敵に回すような行動に出たには理由があった。家基の死にかんする記録を探し出せるのは、己だけという自負であった。毎日あたりまえのように出される記録、積み重なって膨大なものとなった書付のなかから、お身拭いのように重要なものを見つけだす。これは、奥右筆として長く務めた者でなければできないことであり、同時に幕府の闇に精通していないと無理であった。

併右衛門は、まだ己に利用価値があると考えていた。

「この間の夜も衛悟だけを襲い、儂には手を出さなかった。今儂を殺せば、家基さまの死は永遠に闇のなかじゃ」

併右衛門は油断していた。松平定信が家斉に目通りを願ったとの話は、御殿坊主から聞かされていたが、いつものことと気にもとめていなかった。

一日の仕事を終えた併右衛門は、いつものように外桜田門から帰宅の途についた。

「なにもなかったか」

併右衛門にとって気がかりは、縁談を断られた松平真二郎が、瑞紀へ手出しをしてくることだけであった。

「今のところは何も」

衛悟は首を振った。

「ならばよい」

満足そうに併右衛門はうなずいた。

江戸の夜は暗い。武家町はまだ辻灯籠《つじどうろう》があるが、かわりに無味乾燥な塀が屋敷からもれる灯りをさえぎり、ぬばたまの闇を生みだしていた。併右衛門たちは提灯《ちようちん》持ちの中間を先頭に立てて、ゆっくりと歩を進めた。

「来たぞ」

待ち伏せていた横島が、併右衛門たちの姿を見つけた。

「水嶋《みずしま》、近江谷《おうみや》は、ここで待て。やり過ごしてから背後を抑えろ」

「承知」

「多田《ただ》、隅川《すみかわ》は、吾についてこい」

「おう」

二人がうなずいた。

「行くぞ」

横島が隠れていた辻を出て、一つ向こうの角へと向かった。

「いいか、まず多田、槍で警固の若侍をやれ」

「任せられよ」

多田が首肯した。

「隅川、おぬしは若侍の相手をせず、ただ奥右筆組頭を襲え」

「はっ」

隅川も了承した。

「闇討ちは卑怯《ひきょう》なれど、主命である。武士にとって主命を果たすに勝る誇りはない。よいか」

太刀を抜きながら、横島が念を押した。

「今だ」

横島の合図で、槍が突きだされた。

併右衛門の油断は、衛悟をも巻きこんでいた。いつもより饒舌《じょうぜつ》な併右衛門の受け答えで、周囲への警戒がわずかにおろそかとなっていた。

「おうりゃあ」

陰から突きだされた槍の穂先を衛悟はかわしきれなかった。

「くっ」

あふれた殺気を受けてとっさに身をひねったおかげで致命傷とはならなかったが、左脇腹の肉を持っていかれた。

「曲者《くせもの》」

急いで太刀を鞘走《さやばし》らせたが、脇腹の痛みが集中を妨げた。

「りゃりゃあ」

すばやく戻された槍がふたたび襲い来た。

「おうやあ」

槍のけら首を撥《は》ねようと衛悟は太刀を落としたが、脇腹が引きつり、ほんの少し威力が落ちた。衛悟の太刀が槍に食いこんだ。

「むうう」

陰から出て来た多田が、槍を引いた。

「なんの」

戻されまいと衛悟は太刀を押さえた。

「そのままでおれよ」

辻角から横島が出て来た。

「横島どの」

灯りに照らされた顔を見て、衛悟は驚いた。

「柊どの、お覚悟あれ」

横島が太刀を振りかぶった。

なんとか血脈は避けたとはいえ、脇腹の傷からの出血は止まっていなかった。血と同時に衛悟の気力、体力も流れ出していた。

「…………」

そして痛みが衛悟の集中を奪っていた。

「一人相手に複数と槍まで出させたのだ。柊どの、あの世で自慢するがいい」

間合いを詰めながら横島が述べた。

「卑怯とは思われぬのか。剣士たるもの、一対一で戦って優劣をつけるのが筋でござろう」

衛悟は横島を責めた。

「剣士たる前に、わたくしは武士でござる。武士は主命によって動くものなれば、ご容赦なされよ」

二間（三・六メートル）まで近づいたところで、横島が地を蹴った。

「くっ……」

槍に太刀を押さえられている衛悟は、受けることができなかった。衛悟は、無理に身体をひねって、横島の攻撃を流した。

「さすがでござるな。だが、いつまでも続けられるわけではない」

一刀をかわされた横島の口調が変わった。

「微塵流の奥義《おうぎ》受けてみるがいい」

横島が太刀を上段へ構えた。

「……なんとか」

衛悟はどうにかして太刀を槍から放そうと手首をひねったが、合わせて多田も動き、思うようにはいかなかった。

太刀を捨てて脇差《わきざし》に持ち替えることはできなかった。太刀を持っているおかげで、どうにか槍を使えなくしているのだ。今、太刀を捨てれば、脇差を抜く前に、縛りをなくした槍が襲い来る。脇差で槍を捌《さば》くことは、名人でも難しかった。

「我が殿の命は、すなわち天下のため。未練なく死ね」

戦国の世に生み出された微塵流の一撃は、重い。横島が真っ向から撃ち落としてきた。

「おう」

小さく気合いを吐いて衛悟は、前に出た。あえて刃の下へ身を入れることで、衛悟は間合いをなくした。

「ちっ」

衛悟の肩で胸を突かれた横島が、後ろへ跳んだ。間合いがなくなると、衛悟の動きを押さえている槍が、かえって邪魔になった。

「越中守さまの家中か」

併右衛門がようやく気づいた。

「覚悟せい」

背後から別の声がした。

「なにっ」

振り返った併右衛門は、二人の侍が太刀を構えて走ってくるのを見た。

「衛悟っ」

あわてて見るが、すでに衛悟は二人と対峙《たいじ》しており、とても動ける状態ではなかった。

「これまでか」

併右衛門は臍《ほぞ》を嚙《か》みながら太刀を抜いた。

「挟み撃ちか」

衛悟も背後の敵に気づいた。

「あきらめろ」

振りかぶった太刀で横島が、衛悟を襲った。

「なんの」

脇腹の痛みを抑えこんで衛悟は太刀をひねった。槍が引きずられて回り、横島の進路を妨害した。

「多田」

横島が叱った。

「申しわけなし」

あわてた多田が槍をひねり返した。逆回転がくわわったことで、衛悟の太刀が外れた。

「あっ」

驚いた多田が一瞬呆然《ぼうぜん》とした。衛悟はその隙を逃さなかった。

「えいやああ」

引きあげた太刀をふたたび落とした。簡略したとはいえ、涼天覚清流の奥義一天の太刀は、槍を見事に叩き折った。

「しまった」

槍を捨てて、ただちに太刀を抜いた多田もなかなかの腕であったが、衛悟は止まらなかった。

「おう」

槍に邪魔されて止まっていた横島へ向けて水平の薙ぎを送った。

「くっ」

見せ太刀とわかっていても、薙ぎを避けねば斬られる。横島が後ろへ下がった。

「…………」

無言で衛悟は間合いを詰めた。衛悟の狙いは横島ではなく多田にあった。

「えっ」

不意に間合いを詰められた多田が、つい太刀を振りかぶった。誠実に稽古《けいこ》を重ねた者ほど、太刀を上段へあげる癖がつく。衛悟はがら空きとなった胴へ、太刀を突きとおした。

「あふ」

腹から血を流して多田が沈んだ。

「多田……」

横島が急いで衛悟へ斬りかかった。

「……つっ」

衛悟の背筋が泡立つほど鋭利な一撃だった。

「わああ」

併右衛門の悲鳴が衛悟の耳に届いた。

「くっ」

焦《あせ》りが衛悟に無茶をさせた。衛悟は横島に背を向けると併右衛門目がけて走った。

「おろかな」

横島が追った。

「立花どの、腰を落とされよ」

ほんのわずかな差であった。併右衛門へ太刀を落とそうとしていた近江谷の両手を
衛悟は薙ぎはらった。

「ええええい」

水嶋の一刀は、併右衛門が転んだことで空を切った。

「ちっ」

はずれたと知った水嶋が太刀を青眼に戻そうとするところへ、衛悟は体当たりを喰らわした。

「ぎゃっ」

吹き飛んだ水嶋が屋敷の塀で身体をぶつけ、うめいた。

「衛悟、後ろだ」

併右衛門が警告を発した。

「……はっ」

衛悟は振り返らずに前へと身を投げた。背中を刃風が擦った。

「くそっ。要らぬことを」

横島が併右衛門を睨んだ。

「きさまから殺してくれるわ」

大きく横島が跳んだ。そのままの勢いで併右衛門へと斬りかかった。

「立花どの」

水島を吹き飛ばした反動で、衛悟の足は止まっていた。

「間に合わぬか」

衛悟は、腰の脇差を鞘ごと抜いて投げた。

「わあ」

併右衛門もむやみと刀を振った。

「うっとうしい」

投げられた脇差を一降りで弾き飛ばした横島の動きが、併右衛門の抵抗に応じようとして、一瞬遅くなった。

「無駄だ」

横島が併右衛門の動きの隙をついて、太刀を振った。しかし、団扇《うちわ》のように左右へめまぐるしく動く併右衛門の太刀に邪魔されて、十分な踏みこみではなかった。

「つっ」

腰が入っていなかったおかげで、横島の一撃は、併右衛門の肩を薄く斬っただけで終わった。

「浅いか。面倒な」

舌打ちした横島が、刀の腹で併右衛門の太刀をはたいた。

「あっ」

剣の心得などない併右衛門である。手の内を締めていなかった。併右衛門の太刀が飛ばされた。

「これで終わりだ」

横島が太刀を振りあげた。

併右衛門の抵抗が、衛悟を間に合わせた。

「させるか」

太刀を突きだして衛悟が、併右衛門と横島の間へ割りこんだ。

「まだ邪魔をするか。ええい、うるさいやつめ」

衛悟を横島が睨んだ。

「隅川」

控えている最後の配下を横島が呼んだ。

「どうした隅川」

いつまで待っても反応はなかった。

「隅川……」

「出てこぬぞ」

灯りの下へ姿を見せたのは忍装束《しのびしようぞく》に身を包んだ村垣源内であった。

「なにやつ」

横島が誰何《すいか》した。

「…………」

村垣源内がすべるように間合いをつめ、横島と併右衛門を分断した。

「邪魔する気か」

横島が切っ先を村垣源内へと向けた。

「よいのか」

村垣源内が顎《あご》で衛悟を示した。

「…………」

衛悟は落ち着きを取り戻していた。

「御助勢たびたびかたじけなく」

「ほう。覚えていたか」

礼を言う衛悟に村垣源内が笑った。かつて冥府防人が立花家を襲ったとき、窮地に陥った衛悟を助けたお庭番が村垣源内であった。

「拙者がやってもよいぞ」

村垣源内が切っ先で横島を示した。

「いえ。わたくしが」

衛悟は首を振った。

「後悔することになるぞ」

横島が、衛悟へ向かって太刀を構えた。

「涼天覚清流柊衛悟参る」

「微塵流《みじんりゅう》、横島右近」

じりじりと横島がつま先で間合いを詰めてきた。

微塵流の極意は疾《はや》さにあった。どの流派よりも早い太刀先は、加速をともなった威力を持ち、まさに鎧袖一触《がいしゅういっしょく》の一撃を生みだす。

衛悟はゆっくりと太刀を上段へと変えていった。

二人の間合いが二間（約三・六メートル）をきった。

「えいやあああ」

気合を発し横島が太刀を小さく振りあげ、袈裟《けさ》懸《が》けに斬りかかってきた。

「おうりゃああ」

衛悟は足を固めて、霹靂《へきれき》の太刀を放った。

「ちっ」

一刀目が横島の太刀をはじき返した。横島は未練なく太刀を離すと、拳を撃った。

「せえい」

一度落ちた衛悟の太刀が、跳ねた。

「えっ」

横島の手が肘《ひじ》から斬りとばされた。

「ぬん」

三撃目が、横島の首根を裂いた。

「ひゅううう」

笛のような声を出して、横島が倒れた。しばらく噴きだしていた血が、徐々に弱くなり、流れるだけになった。

「ひっ」

生き残っていた水嶋が悲鳴をあげた。

「わあああ」

水嶋が逃げだした。

「愚か者が」

村垣源内が投げた手裏剣が水嶋の背中に深々と刺さった。

「助かりもうした」

立ちあがった併右衛門の声は震えていた。

「気にするな。これも任じゃ」

礼を村垣源内は受けなかった。

「気をつけるがいい。次も間に合うとはかぎらぬ。念のために申すが、家基さまのことは忘れろ。これ以上手出しをすれば……」

言い残して村垣源内が消えた。

「大事ございませぬか」

衛悟が併右衛門に訊いた。

「他人の心配より、己の身体を気づかえ。誰か衛悟の手当をいたせ」

「は、はい」

呆然としていた中間《ちゅうげん》が、衛悟の傷に手ぬぐいを当てた。

「どうやら松平越中守さまは、家基さま謀殺の真相を知ったようだ。そのうえで、儂を殺す気になられた。よほど知られてはまずいことなのだな」

太刀を鞘へ戻しながら併右衛門はつぶやいた。

「越中守さまを完全に敵としたか」

併右衛門は嘆息した。

「代わりに、上様の庇護を賜《たまわ》ったようだが」

今のがお庭番であることは、併右衛門にもわかっていた。

「この先どうなるのか……」

併右衛門は、血まみれになっている衛悟を見た。

「一蓮托生《いちれんたくしょう》とはこのことか」

奥右筆部屋へ出した婚姻の願書き、そこに記した名前を併右衛門は思いだしていた。


覚蟬は、その夜のうちに、一部始終を見ていたお山衆《やましゅう》から報告を受けた。

「そうか。松平越中守の家中が、本気で奥右筆組頭を殺しにかかったか」

瞑目《めいもく》して聞いた覚蟬が述べた。

「どうする、覚蟬どの」

海仙坊が問うた。

「手を組むとしよう。松平越中か、奥右筆か、どちらかとな」

覚蟬が大きく目を開いた。

本書は文庫書下ろし作品です

|著者|上田秀人　1959年大阪府生まれ。大阪歯科大学卒。'97年小説CLUB新人賞佳作。歴史知識に裏打ちされた骨太の作風で注目を集める。講談社文庫の「奥右筆秘帳」シリーズ（全十二巻）は、「この時代小説がすごい！」（宝島社刊）で、2009年版、2014年版と二度にわたり文庫シリーズ第一位に輝き、抜群の人気を集める。「百万石の留守居役」は初めて外様の藩を舞台にした新シリーズ。このほか「お髷番承り候」（徳間文庫）、「御広敷用人大奥記録」（光文社文庫）、「闕所物奉行裏帳合」（中公文庫）、「妾屋昼兵衛女帳面」（幻冬舎時代小説文庫）、「表御番医師診療禄」（角川文庫）などのシリーズがある。歴史小説にも取り組み、『孤闘　立花宗茂』（中公文庫）で第16回中山義秀文学賞を受賞、『天主信長』（講談社文庫）では別案を〈裏〉版として書下ろし、異例の二冊で文庫化。近刊に『梟《ふくろう》の系譜　宇喜多四代』（講談社）。
上田秀人公式HP「如流水の庵」 http://www.ueda-hideto.jp/

秘闘《ひとう》　奥右筆秘帳《おくゆうひつひちょう》

上田秀人《うえだひでと》

2010年6月15日第1刷発行
2014年6月2日第17刷発行

講談社文庫
定価はカバーに
表示してあります

発行者──鈴木　哲
発行所──株式会社　講談社
東京都文京区音羽2-12-21　〒112-8001
電話　出版部（03）5395-3510
　　　販売部（03）5395-5817
　　　業務部（03）5395-3615
Printed in Japan

デザイン──菊地信義
本文データ制作──講談社デジタル製作部
印刷───大日本印刷株式会社
製本───株式会社国宝社

ISBN978-4-06-276682-1

講談社文庫刊行の辞

二十一世紀の到来を目睫に望みながら、われわれはいま、人類史上かつて例を見ない巨大な転換期をむかえようとしている。

世界も、日本も、激動の予兆に対する期待とおののきを内に蔵して、未知の時代に歩み入ろうとしている。このときにあたり、創業の人野間清治の「ナショナル・エデュケイター」への志を現代に甦らせようと意図して、われわれはここに古今の文芸作品はいうまでもなく、ひろく人文・社会・自然の諸科学から東西の名著を網羅する、新しい綜合文庫の発刊を決意した。

激動の転換期はまた断絶の時代である。われわれは戦後二十五年間の出版文化のありかたへの深い反省をこめて、この断絶の時代にあえて人間的な持続を求めようとする。いたずらに浮薄な商業主義のあだ花を追い求めることなく、長期にわたって良書に生命をあたえようとつとめるところにしか、今後の出版文化の真の繁栄はあり得ないと信じるからである。

同時にわれわれはこの綜合文庫の刊行を通じて、人文・社会・自然の諸科学が、結局人間の学にほかならないことを立証しようと願っている。かつて知識とは、「汝自身を知る」ことにつきていた。現代社会の瑣末な情報の氾濫のなかから、力強い知識の源泉を掘り起し、技術文明のただなかに、生きた人間の姿を復活させること。それこそわれわれの切なる希求である。

われわれは権威に盲従せず、俗流に媚びることなく、渾然一体となって日本の「草の根」をかたちづくる若く新しい世代の人々に、心をこめてこの新しい綜合文庫をおくり届けたい。それは知識の泉であるとともに感受性のふるさとであり、もっとも有機的に組織され、社会に開かれた万人のための大学をめざしている。大方の支援と協力を衷心より切望してやまない。

一九七一年七月

野間省一

上田秀人「奥右筆秘帳」シリーズ

人気沸騰

講談社文庫
書下ろし

□ 第一巻 密《みっ》封《ぷう》
ISBN978-4-06-275844-4

江戸城の書類決裁に関わる奥右筆は幕政の闇にふれる。十二年前の田沼意知事件に疑念を挟んだ立花併右衛門は帰路、襲撃を受ける。

□ 第二巻 国《こっ》禁《きん》
ISBN978--4-06-276041-6

飢饉に苦しんだはずの津軽藩から異例の石高上げ願いが。密貿易か。だが併右衛門の一人娘瑞紀がさらわれ、隣家の次男柊衛悟が向かう。

□ 第三巻 侵《しん》蝕《しょく》
ISBN978--4-06-276237-3

外様薩摩藩からの大奥女中お抱えの届出に、不審を抱いた併右衛門を示現流の猛者たちが襲う。大奥に巣くった闇を振りはらえるか？

□ 第四巻 継《けい》承《じょう》
ISBN978--4-06-276394-3

神君家康の書付発見。駿府からの急報は、江戸城を震撼させた。真贋鑑定を命じられた併右衛門は、衛悟の護衛も許されぬ箱根路をゆく。

□ 第五巻 簒《さん》奪《だつ》
ISBN978-4-06-276522-0

将軍の父でありながら将軍位を望む一橋治済、復権を狙う松平定信。忍を巻き込んだ暗闘は激化するが、護衛の衛悟に破格の婿入り話が!?

□ 第六巻 秘《ひ》闘《とう》
ISBN978-4-06-276682-1

奥右筆組頭を手駒にしたい定信に反発しつつも、将軍継嗣最大の謎、家基急死事件を追う併右衛門は、定信も知らぬ真相に迫っていた。

講談社文庫
書下ろし

上田秀人「奥右筆秘帳」シリーズ

痛快無比！

□第七巻　隠密《おんみつ》
ISBN978-4-06-276831-3
一族との縁組を断り、ついに定信と敵対した併右衛門は、将軍家斉が毒殺されかかった事件を知る。手負いの衛悟には、刺客が殺到する。

□第八巻　刃傷《にんじょう》
ISBN978-4-06-276989-1
江戸城中で伊賀者の刺客に斬りつけられた併右衛門は、受けた脇差の鞘が割れ、老中部屋の圧力で、切腹、お家断絶の危機に立たされる。

□第九巻　召抱《めしかかえ》
ISBN978-4-06-277127-6
瑞紀との念願の婚約が決まったのもつかの間、衛悟に新規旗本召し抱えの話がもたらされる。定信の策略で二人は引き離されるのか!?

□第十巻　墨痕《ぼっこん》
ISBN978-4-06-277296-9
衛悟が将軍を護ったことで立花、柊両家の加増が決まる。だが定信は将軍謀殺を狙う勢力と手を結ぶ。大奥での法要で何かが起きる!?

□第十一巻　天下《てんか》
ISBN978-4-06-277437-6
将軍襲撃の衝撃冷めやらぬ大奥で、新たな策謀が。親藩入りを狙う薩摩からの刺客を察知した併右衛門の打つ手とは？　女忍らの激闘！

□第十二巻　決戦《けっせん》
ISBN978-4-06-277581-6
ついに治済・家斉の将軍位をめぐる父子激突。そしてお庭番を蹴散らした最強の敵冥府防人に、衛悟は生死を懸けた最後の闘いを挑む！

〈完結〉